目次

本文カット／加藤健介

星やどりの声

星やどりの声

朝井リョウ

角川文庫
18594

長男　光彦

◇

まっしろな牛乳は糸を引くように体の中を巡る。寝返りをうつたびにばらばらになってしまった体内のパーツを正しい位置に戻しながら、指先にまで冷たい白は染みわたっていく。

「そういえば！　小春《こはる》！」

のりトーストが二枚載った皿を光彦《みつひこ》に渡しながら、琴美《ことみ》が小春を睨《にら》んだ。自分が睨まれたわけではないのに、この家の女帝である琴美の視線に光彦は「ひゃっ」と怯《おび》えてしまう。からっぽになったグラスに二杯目の牛乳を注ぐと、光彦はあつあつののりトーストの四隅を中指と親指の先でつかんだ。

せ！」

「あんた、友達と浜辺で花火してたんだって？　また授業抜けだしたんでしょ、どう

「何で知ってんのそんなことーっ」

孝史《たかし》くんが言ったのかー！　内緒にしてくれるって言ってたのになー、と、小春は全く反省していない様子で制服のリボンを直している。

熱が指の皮を貫かないうちに、光彦はトーストを一口かじった。溶けたバターが前歯の近くでくしゅりと泡だって、トーストの表面に散らされている味つけのりの塩分がその甘さに溶ける。

「あんたほんといい加減にしなさいよ。孝史だって暇つぶしでパトロールやってんじゃないんだから！」

「やばい時間ない！　るり！　ワックス貸して！　るりー！」

「るり姉ならもう家出たよ。そんではる姉は朝から声でかすぎ」

じゃあ行ってきます、と、真歩《まほ》がランドセルを黒光りさせながらリビングを横切っていく。今日も首から黒いカメラをぶら下げている。我が弟ながら相変わらず小学生らしくない外見だ。メイク途中の顔のまま慌ただしく弁当箱を引っ掴《つか》んだ小春が、真歩の背中に「うるせえ老け顔小学生っ」と小さく蹴《け》りを入れている。

「ほんと、小春とるりが似てるのって顔だけだよね」

何かを諦《あきら》めたようにそう吐き捨て、琴美は光彦が使っている食器を残して洗いものを始めた。光彦はもう一度グラスに口をつける。さっき一杯ぶんの牛乳を一気飲みしたからか、腹が低い温度で張っている。

「今度は孝史くんに絶対見つからないようなサボリ場所探してやるって言っといて！挑戦状！　じゃあ行ってきまーすっ」

小春は短いスカートをひらめかせながら、真歩を追うようにして玄関へ向かった。ざっ、ざっ、とサンダルの底が玄関のタイルの上を跳ねる音が聞こえてくる。あいつ、またサンダルで学校行く気だ。あれぜってえ校則違反だろ。あんな女子クラスにいたらこわい、と、光彦は思う。

小春は、琴美の夫である孝史のことをくん付けで呼ぶ。るりはさん付けで呼ぶ。

「確かに全然似てねえよな、顔以外」

光彦の呟《つぶや》きは、「いいから早く食え」という琴美の声にかき消された。宝石店で販売を始めてから、琴美はそのストレスを下のきょうだいに向けて発散するようになったのか、ますます怖くなった。口の周りについているトーストの粉が、牛乳を一口飲むたびにその白い表面に移動していく。

「兄ちゃ～ん」

あくびをしながらリビングに顔を出した凌馬《りょうま》は、光彦の姿を見つけるなりニヤニヤした。肩にかけたテニスラケットと、第二ボタンまで開けられた白いカッターシャツから覗《のぞ》く日に焼けた薄い胸板が、いかにも高校一年生だ。

「夜中までパソコンでエロ動画観んのやめてくれよ、気になって寝られねえよ～」

大学生で彼女がいないなんて相変わらずサミシーねえ～、とニヤニヤしながら、凌馬は琴美から大きな弁当箱を受け取った。「うるせえ、俺は高校のときは彼女いたんだぞっ」ちっさな反論をしても凌馬は全く聞いていない。

この時間に家を出るってことは、今日もきっとテニス部の朝練をサボっている。光彦はそう思いながらも、昨日寝る前に観た動画が何だったのか思い出せなくてそれどころではなかった。あとで履歴を丸ごと消しておかなければ。

息をひそめて体操座りをしているような冷蔵庫の扉には、小学校の給食のメニュー表が貼られている。毎月はじめにあの表が配られるたび、母はうれしそうな顔をしてクマのマグネットを真歩に渡す。真歩はめんどくさそうに表を貼りかえる。

あっという間に朝食を食べると、すぐ、洗面所へと消えた。二十分くらい経って出てきたと思うと、凌馬の短い髪の毛は寝グセのついたハリネズミのようになっていた。鏡に映った正面の姿しか見ていないからこうなるのだ、後頭部のあたりの髪の毛がぺたんと寝たままになっている。全然カッコよくねえぞチビ、と笑ってやりたい気持ちと同時に、俺もちょっと前まではあんな感じだったか、と少し光彦は恥ずかしくなる。

いってきまーす、という凌馬の声で、三男三女母ひとり、早坂《はやさか》家の朝はいち段落を迎える。部屋中に一気に広がった初夏の光の粒が、朝のカーテンを白より白く染め上げている。

父は白が好きだった。父が選んだ布で、母がこのカーテンを縫った。

すっかり冷めてしまったトーストの最後の一口を牛乳で流し込んで、光彦は一息つく。琴美にバレないように屁《へ》を出そうと思ったが、ぷう、と情けない音が出てしまった。「朝から屁出す男に彼女なんか絶対できないな」琴美の声がビンタのように光彦の耳を殴る。

「姉ちゃん、今週は今日が休みなんだ？」

「今ここにいるんだから休みに決まってんでしょ」バカじゃないの、という琴美の声には相手をねじ伏せる力がある。

「孝史さんは？」

「仕事。休み、かぶらないから」孝史はこの町では有名な、「やさしい交番のお兄さん」だ。光彦は密《ひそ》かに、多分普段から孝史さんは姉ちゃんの尻《しり》にしかれている、と確信している。

「姉ちゃん、今日も店の手伝いするの？」

「うん。お母さん、毎日毎日朝早いしね。あっちでビーフシチューも食べたいし」

あんたが起きる前にお母さん店行ってるよ、と、琴美は水を止めて両てのひらをひらひらとさせた。指先から飛び散る水しぶきが、銀のシンクに弾けて光る。

家を出るのは、るりが一番早い。メイクのされていない目を眠そうにしぼませたま、るりは自転車で高校に通っている。るりは髪の毛も染めていないし、スカートも短くない。小春と同じ日に生まれたことは、その顔からしかわからない。その次は真歩。背筋をピンと伸ばして首からカメラをぶら下げた姿は、とても小学六年生の男の子には見えない。そしてバタバタと小春がメイクやら何やら準備をしている間に凌馬はたっぷりと朝飯を食い、がさがさと髪の毛を整える。この二人は毎朝遅刻ギリギリ。

母は、時々、真歩といっしょに駅の近くまで歩いているようだ。俺だったらイヤだなあと光彦は恥ずかしくなるが、真歩は俺よりももっとやさしいヤツだった、と思い直す。

宝石店で働くしっかり者の二十六歳、琴美。大学四年生で彼女なし、俺。いつでもどこでもうるさい高三、双子の姉の小春。姉とは対照的にいつも落ち着いている高三、双子の妹のるり。童貞爆発の高一、凌馬。首からカメラをぶら下げている大人びた小六、真歩。そして、純喫茶「星やどり」をほとんど一人で切り盛りしている母、律子《りつこ》。

この家も、母さんの働く喫茶店も、全てを作った父、星則《ほしのり》。

「あんた今日は？　面接？」

光彦をちらりと見て、琴美はテーブルを拭《ふ》き始める。光彦は目を逸《そ》らすようにして左手首に腕時計をつけた。

「おー……まだ一次だけど。そのあとバイト行ってくる」

「あーエロ家庭教師の日か。私もうすぐ出るから、戸締まりちゃんとよろしく」

しっかし小春はほんと孝史にまで迷惑かけて、とぶつぶつ言いながら、琴美はすいすいとテーブルをきれいにしていく。エロ家庭教師って……という光彦の小さな呟きは、フローリングを滑るようにして動く琴美のスリッパの底にするすると搦《から》めとられてしまう。

木で作られた家は、陽の光をたっぷりと吸い込んでやわらかくふくらんでいるような気がする。そんな家の中で、光彦の朝は一番遅い。毎朝六時に起きて朝練に向かっていた高校時代はそんなに昔ではないはずなのに、ここ数年の大学生活でそんな感覚は全くなくなってしまった。

シンプルな黒の腕時計は、ベルトの四つ目の穴が少し大きくなっている。この時計を使い始めてから、もう八カ月以上経つ。

「ほら、これいつものポストね」

琴美がひゅっと何かを投げた。「危ねえよ！」てのひらに突き刺さるように飛んできた銀色を、光彦はとっさにつかむ。家の鍵《かぎ》だ。木製のキーホルダーが、てのひらにあたたかい。

「光彦」

琴美は細長いひとさし指でトントン、と自分の鎖骨のあたりを叩《たた》いた。

「ネクタイ曲がってるよ。あと猫背」

しっかりしろよ、と言って、琴美はテーブルに置かれていたカバンを肩にかけて玄関へと歩いていった。光彦は顎《あご》のあたりを触る。もう一回洗顔をして、剃《そ》り残しをなくそう。ネクタイもそこで直そう。これから自分の使った食器を洗ってからゆっくり仕度をしても、大丈夫、八時台の電車には乗れる。玄関のドアが閉まる音を聞きながら、光彦は大きく息を吐いた。

こんなに長い間、この地味な腕時計を使い続けることになるとは思っていなかった。口の中に残っている、父が好きだったのりトーストの塩みと甘み。父が好きなものは、この家にはいくつも残っている。まっしろな牛乳も、あの白いカーテンも、木製のキーホルダーも。

連《れん》ヶ《が》浜《はま》駅の近くにある商店街を抜けると、そこには海がある。家からは自転車で十分弱。連ヶ浜町を通る電車の線路に沿うようにして、浜辺はどこまでも延びている。

「浜電」と呼ばれているこの電車に乗れば、空の青を洗い流したような色の海をずっと見ていられる。

家から海とは逆方向に自転車を走らせれば、そこには山があり、祖母と伯父《おじ》が住む家があり、長い階段があり、その先にはあじさいの咲く寺がある。寺からは連ヶ浜の町が一望できる。真歩がまだ小さいころ、一緒に寺までの階段を上ったことがあった。確かあのときも初夏だったと思う。Tシャツが背中にはりつくまで汗をかきながら、光彦は真歩と手を繋《つな》いでいた。そして、この町で一番高いところに立った真歩は言った。

カレーライスみたい。

そのころから真歩は写真を撮るのが好きだったかもしれない。目の前に広がる景色を四角く切り取ってしまえば、こちらへ寄せてくる海と、白い家がたくさん並んでいる陸がちょうど半分ずつくらいに見える。海がカレーで、陸がライス。「じゃあ、シーフードカレーだな」という光彦のボケを、真歩は無視した。ガキに無視される俺って……と一人むなしくなったことを、光彦は今でも忘れてやらない。

光彦は、電車の荷物ラックの上にカバンを置くと、電車のドアにもたれた。朝の電車は席が空いていない。光すら吸い込むような海を置いていこうと、電車は荒い音を立てながら町を駆け抜ける。連ヶ浜駅には一つの線しか通っていないが、快速に五十分ほど乗れば新宿《しんじゅく》に着ける。新宿に着くころには海の名残なんて全くなくなっており、風のにおいから何から全てが変わる。もう二十年以上も海の近くに住んでいれば、それくらいわかるようになる。

朝の浜辺には、学校をサボっているのだろうか、制服姿の女の子が座っていたりする。るりや小春と同じ制服を着ているから、あの二人の同級生かもしれない。昼ごろまであそこに座っていたならば、あの子はきっと午後のパトロールをする孝史に見つかってしまうだろう。

サボりてえなあ、俺も。

音漏れしていないか不安になった光彦は、イヤフォンを耳の中に強く押し込んだ。昨日のうちに調べておいた目的地までの地図を確認する。池袋駅の東口を出てマツモトキヨシを左手に徒歩十分……。

見えない冷たいてのひらが自分の体を撫《な》でては離れ、撫でては離れていく。夏の電車の冷房は、長時間乗るには温度が低すぎる。

もう何もサボってはいけないということは、誰よりも自分が一番よくわかっている。光彦は目を閉じた。今までサボり続けてきたものが力を合わせて、スーツ姿の俺を大学四年生の七月まで引きずったんだ。

海から離れていくたびに、冷房に体がさらされていくたびに、腹はくるくると泣き始める。シャツ越しに熱を伝えようと、以前に比べて少し脂肪の乗った腹の上にてのひらを置いた。

朝の電車は、窓に自分の姿が映らないから安心する。きっといまの自分の姿を見たら、ダークグレーのスーツが全く似合っていなくて、もう半年以上も使い続けているストライプのネクタイをちぎりたくなるだろう。

買ったばかりのころ、スーツのズボンにはナイフの刃先のような折り目がついていた。水平線のようにまっすぐなそれは、とてもとても美しいものに見えた。

光彦は無意識に腕時計を見る。もうすぐ新宿に着く。そう思った途端に腹が泣く。

ポケットの中で携帯が震えた。多分、サークルのメーリスだ。今日だってどうせ新宿辺りで皆で飲むんだろうな。俺も行きてえな。でもバイトだし。ああ～一年の女の子としゃべりてえ。一年って四つ下？　じゅうはっさい？　それはもうちょっとダメなのかな。金もねえし、やめとくか。頭の中でごろごろ理由を並べてみても、それはどれも本当の理由じゃない。

座っていた人たちがぞろぞろと立ち上がる。もうすぐ、池袋だ。

◇

店の扉を開けると、ブランコの席にはカーディガンを着たおじいさんがいつもと同じ姿勢で座っていた。この店にはひとつだけ、ブランコの形をした席がある。父が遊び心で作ったものだ。天井から吊《つ》るされたこの席はきこきこと音をたてて揺れるので、子どもに大人気らしい。その席にいつも座っているおじいさんはいつの日も茶色のカーディガンを着ているので、光彦たちは勝手に「ブラウンおじいちゃん」と呼んでいる。そうするとなんだか外国のおじいさんみたいで急にかわいく見えてくる。

「いらっしゃ……何だお前か。家庭教師は？」

しっとりとした生地の黒いロングスカートを揺らしながら、コーヒーのカップを運んでいる琴美が言った。

「カテキョ、八時からだから。ここで飯食ってから行こうと思って」

あ、そう、と琴美は近くの席をあごで指した。そこに座って、ということだろう。

「おっちゃん、今日もビーフシチュー食ってんの？」

光彦ががたがたと椅子を引くと、向かいに座っていた伯父の史郎《しろう》が英字新聞から顔を出した。「何だお前か」伯父は相変わらずめんどくさそうな表情で光彦を見る。俺いま十数秒のあいだに二回も「何だお前か」と言われた……と情けなくなって上を見ると、星型の天窓と目が合った。夏の夕空は今日も、混ぜる前の甘いカクテルのような色をしている。

午後六時を過ぎても、町はまだ明るい。この店の天井は大きく星型にくり抜かれており、そこはガラス張りになっている。この店ではそのスペースのことを「小空」と呼んでいる。この喫茶店を掃除するとき、父はあの天井の小空をこれでもかというくらい磨いていた。ほんものの空がそこにあるように見えるまで、ひたすら磨いているようだった。

夜が更けていくと、小空は連ヶ浜の星でいっぱいになる。

「今日るりはいないの？」

「さっきまで手伝いしてたけど、今日は琴美もいるし、宿題があるっつって帰った」

伯父は人の目を見ないで話す。もう慣れた光彦はそれを冷たいとは思わないが、だから結婚できないんだ、とは子どものころから思っていた。でも、人の目を見ないのに塾の講師なんて務まるのだろうか。光彦はいつも、生徒を前に大声を張り上げる塾の講師としての伯父を想像できない。

「お前、今日面接だったんだろ？」

琴美から聞いたよ、と愛想なくつぶやきながら、伯父は今日もビーフシチューを食べている。このあと、ネルドリップで淹《い》れた苦過ぎるほどのコーヒーが出てくるはずだ。ビーフシチューを食べたあとにコーヒーを啜《すす》りながら隅々まで英字新聞を読むというのが、独身の伯父《おじ》の習慣だ。女いないくせにキザだよなあ、と光彦はいつも思う。

「面接ならバッチリだったよ」

「嘘つけ。ネクタイ曲がったままだし、今も猫背」

琴美は捨て台詞《ぜりふ》と共にテーブルにコーヒーを置いていった。「あんたは？」遠くからそう訊《き》かれて、光彦は「……焼きチーズカレー」と答える。ネクタイ直すの忘れてた……と項垂《うなだ》れていると、新聞から少しだけ顔を出した伯父が「お前似合わないな、スーツ」と意地悪く笑った。

普段、母が一人で営んでいるこの純喫茶は十五人も客が入れば満席だ。だけど光彦はこのフロアが満席になっているところを見たことがない。駅前の商店街から少し離れたところにあるため、店自体がこの町の人にあまり知られていないのかもしれない。見たところ常連さんはブラウンおじいちゃんと伯父だけだし、間違っても制服姿の学生は店にはいない。部活をしていないるりは、放課後はたいていこの店を手伝っている。彼氏と遊びにばかり行っている小春とは大違いだ。

看板メニューは、形がなくなるほど野菜が煮込まれたビーフシチューと、ネルドリップで丁寧に淹れられたコーヒー。母が一人で作るため、料理のメニューは少ない。

シチューの他は、焼きチーズカレーと、たまごサラダ付きのナポリタン。ランチタイムまでは、のりバタートースト、ばななハニートーストがある。デザートはアップルパイに洋なしケーキ。トーストは簡単にできるが、デザートは下ごしらえが必要だ。母は毎朝まだ暗いうちから起きて、るり、小春、凌馬、高校生三人分の弁当を作ってから下ごしらえのために店へ出向いていく。そのため、きょうだいの朝ごはんは大体各自で勝手に用意するが、週に一度、琴美の仕事が休みの日には朝ごはんを作りに来てくれる。もう社会人四年目になる琴美は、ここから車で少し行った街の百貨店の宝石店で販売員をしており、販売実績はナンバーワンらしい。

ネクタイをほどいて、光彦はソファーの背にもたれた。休みの日でさえもこうして店の中を動き回る姉を見ていると、ふうとため息が漏れる。「俺にも一本ちょうだい」伯父に煙草をねだるが、当然のように無視される。

姉ちゃんはしっかりしている。きっと、俺が生まれた時からそうなんだ。姉ちゃんはきっと生まれた時から宝石の販売で売り上げのトップになる人だったんだろうし、俺はきっと生まれたときから猫背だし、ネクタイは曲がっている。

「光彦、このあとは吉田《よしだ》さんちで家庭教師？」

器も熱いから気をつけて、と、母が大きなトレイを運んできた。焼き石のような器に触れている部分のチーズが、ぷくりぷくりと泡立つように呼吸をしている。鼻の膜の上でもつれあうカレーとチーズのにおいは、いつだって光彦の肩の力を抜いてくれる。

光彦は母に似ているとよく言われる。下がった目じりと細い顎《あご》がそっくりらしい。

「そう、八時から。あおいちゃんよくできるから、俺なんかいらないのに」

いらねえだろうなあ、と伯父が新聞越しに言う。うるせっ、と、光彦はついに煙草を奪ってやった。

「そう。コーヒーは？」

「いいや、ありがとう」

母がキッチンに戻ると、伯父は小さく「マザコン」と呟《つぶや》いた。「ここに来なきゃ夕飯ねえんだからしかたねえだろっ」と喚《わめ》いてみても、心の中では否定できない。

光彦はこの純喫茶が好きだ。いつもあのブランコ形の席にはブラウンおじいちゃんが座っていて、たまに伯父がいて、たまに知らない客がいて、たまに琴美が手伝っていて、るりもいたりして、小空があって、母がいる。八時からバイトがあるならどこかで飯を食ってしまえばいいのだけれど、ついここまで来てしまう。マザコンと言われてもしかたないかもしれない。

銀のスプーンでカレーを一口すくう。皿とスプーンを繋《つな》ぐように伸びるチーズにとろりとしたカレーが伝う。表面に置かれた太めのアスパラガスの緑、大きめのピーマンの赤。子どものころはこの野菜をどちらも食べられず、父によく怒られた。

父はビーフシチューが好きだった。だから光彦は、ビーフシチューを頼まない。

◇

「先生今日もスーツなんですね」

似合わないですね。あおいはこちらを見もせずに、シャープペンシルを二回ノックした。

「……そんなこといいから。それより解くの、ほらほら、今日は数学ね」

あおいの教材を見るたびに、俺高一のときこんなに難しいことやってたっけ？　と疑ってしまう。CとかPとかって、高校入ってすぐやったっけ？　凌馬こんなのぜってえわかんねえだろ。

「先生、ちょっと煙草臭いですよ」

「大人の男って感じでドキッとした？」

先生って本当に頭弱いんですね、という目をしてから、もういいですというようにあおいは視線をノートに戻した。あおいの字はきれいだ。少し、琴美の書く文字に似ている気がする。

あおいには妹がいるが、光彦が家庭教師として訪れる二時間のあいだはリビングにいるらしい。本棚とカーテンで仕切られた姉妹の部屋は、声が筒抜けになるはずなのに、光彦は妹の声を聞いたことがない。

「あおいちゃん、問題解けるまで、俺、ベランダで煙草吸っていい？」

「さっき臭いって言ったのに……あんまり吸うとお母さんにバレるから、一本だけにして下さい」

私すぐに解けるし、と言って、あおいはしっし、という手の動きをする。ありがとーお♪と歌うと、光彦はベランダに出た。

あおいちゃんはきっと、将来、姉ちゃんみたいにしっかりした女の人になる。胸ポケットからライターを取り出しながら、光彦は思った。勉強もできるし、性格もしっかりしているし、むしろ小春の家庭教師になってほしいくらいだ。

ベランダの柵《さく》は子どもが絶対に落ちないような高さになっている。それでも町の景色は楽しめるように、ところどころに丸い穴が空いている。その穴にレンズの部分を通して置いてある天体望遠鏡は、星が好きだというあおいに、光彦の父がリフォームついでに買ってやったものだ。あのとき、あおいはまだ小さな女の子だった。

小さく唇を開くと、煙がふあふあと出てくる。あおいの部屋からは海が見える。夜の海は、その日一日の悲しみが溶けたみたいに真っ黒だ。光彦はゆっくりと煙を肺に送り込みながら、今日の面接を思い出していた。だけど、すぐにやめた。

二対二の集団面接。どちらかが落ちるなら、たぶん、俺だ。

そういえば、今日の面接の待合室にも、あの女の子がいた。はっきりとした二重まぶたで、唇の厚いショートカットの女の子。いつも濃い紺のパンツスーツを着ている。最近、いろんな面接会場で見かける。あの子もまだ就職活動を続けているんだ。この時期になると、待合室で同じ人に遭遇することがある。

鏡の前でネクタイを結んでいると、たまに思う。もう七月だ。いまこうして面接に向かおうとしている内定ゼロの学生なんて、この世で俺だけなんじゃねえか。

きっとそうではないはずなのに、そう考えるたびにネクタイを結ぶ手は止まる。面接会場に行けば同じような学生が何人もいる。現に、あのショートカットの女の子だってそうなんだ。

だけどあの子はいい。女の子だから。たとえよくない会社に入ることになっても、四、五年勤めて、どこかの男と結婚すればいい。けっこうかわいいし、きっとすぐ結婚相手なんて見つかるだろう。

こんな独り言がバレたら、琴姉にブン殴られるかもしれない。だけどそう思ってしまう。自分がどこかの会社から内定をもらっている姿も、それから四十年近くも早起きしてそこに勤め続けている姿も、全く想像できない。いつまで経っても猫背は直らないだろうし、きっとネクタイだってまっすぐに結べない。

携帯のロックを解くと、メール画面が表示された。一個下の後輩が回したサークルのメーリスの件名には、【あさって、七夕コンパ！　一年もOBさんOGさんも集合！】と元気のいい文字が躍っている。

「あさって、七夕か」

誰にともなく呟いて、光彦は海を見た。頭上に広がるきれいな星空より、あの海のほうがずっと夜空っぽい。あの波のように不規則に、いろんな思いが行ったり来たりするものだ。

七夕コンパ行きてえな。久しぶりに女の子と酒を飲みたい。同期の奴らと居酒屋じゅうに響き渡るくらいの大声を出したい。

「先生」

コンコン、と窓ガラスを叩《たた》く音がした。

「それ二本目じゃないですか？　もう戻ってきてください」

八歳とか九歳とかだったあおいは、いつのまにか高校生になった。そういえば俺はあのとき、このベランダに座る親父の姿を見ていたんだ。

「先生？」

「おお、今行く」

光彦は慌てて煙草の火を消すと、部屋の中へ戻る。あおいのノートには一ページに何問か、スペースを無駄にすることもなく数学の問題の解法が書かれていた。

「あおいちゃんて本当に字きれいだよなあ。女子高生って、小春とか、むちゃくちゃに字崩してるイメージあるけど」

「るり先輩はきれいですよね、字。小春先輩は声大きいから、学校のどこにいてもわかります」

「……」

「凌馬はほんっとにクラスでうるさいし」

「……なんかごめんね」

あおいは、るりや小春と同じ高校だ。つまり、凌馬の同級生でもある。

あおいの解答には無駄がない。余計な言葉もないし、足りない言葉もない。いつも迷わずにマルをつけられる。採点はとても楽だ。

だけどきっと、あおいちゃんはそういう自分が嫌いなんだろうな。光彦はふと、そう思った。

「まんてーん。満点ッス。たぶんあおいちゃん小春より数学できるよ」

光彦がふざけると、あおいは笑ってくれる。とても素直だな、といつも思う。10点、と書くフリをしてうんこマークを描いたら「もーやめてやめて」とあおいは慌ててノートを閉じた。

　そのとき、ぐる、と音がした。

「腹減ってんの？」

　冗談ぽく聞いたつもりだったが、あおいは閉じたノートを見つめたまま黙ってしまった。恥ずかしそうに顔を俯《うつむ》かせている。

「……今度、うちの喫茶店に夕飯食いにきなよ。今度のテストの結果が良かったら、俺が何でもおごったげるから」

　光彦がそう言うと、あおいは「ありがとうございます」とノートを開いて消しゴムを握った。割れないように四隅が切られている消しゴムのケースを見て、多分俺から日時を指定しないと食べに来ないだろうな、と思った。あおいはそういう子だ。

　あおいの父親は、九州に単身赴任をしている。あおいは父親と仲良しだったという。初めて家庭教師に行ったとき、そう言ってあおいは眉《まゆ》を下げて笑った。朝起きたら、テーブルに五百円玉が一枚置いてあるんです。私、お母さんのお弁当って食べたことない。いまリビングにいる妹は、私が落ちた私立の幼稚園に受かったんです。先生が来てるときは、リビングで英語のレッスン受けてるはず。まだ小学生なのに。

　家庭教師の初回だというのに、あおいは家のことをべらべらと話した。聞いてくれる人がいなかったんだなと、光彦はあおいの表情を見ながら思った。

「俺んちの店、ビーフシチューも焼きチーズカレーも、めちゃくちゃうまいからさ」

はい、とあおいは頷《うなず》く。

「隠し味に、俺の足の爪が入ってる」

やっぱりやめときます、とあおいは真顔に戻る。消しゴムを持つ手に強く力を込めていたようで、光彦が描いたうんこマークはきれいに消されていた。

明日は午後から大学で授業。あさってはまた、面接だ。あの女の子とも、また会うかもしれない。窓の外に広がる黒い波の音を拾いながら、光彦は煙草の残り香を吸いこんだ。

◇

雨から身を守ることを【雨やどり】っていうだろう。だから、今にも落ちてきそうな星の光を受け止めるための【星やどり】。連ヶ浜の星は、俺が子どものときから変わらずずーっときれいなんだ。それに、星には色んなものが宿っている。ひかり、たましい、宇宙。それを、お客さんにも見てもらいたい。

父はそう言いながら、店の天井に小空を作った。それまでは名字である早坂を平仮名にしただけの「はやさか」という名前だった店も、その日から「星やどり」に変わった。突然店の名前が変わったので、光彦たちはびっくりしたものだ。確かあれはまだ真歩が母のお腹の中にいるときだった。

光彦は父の名前が好きだった。星則。ほしのり。父の名だけでなく、急に変わったこの店の名前も好きだ。父が考えることは全て、好きだった。

ボロボロだった小屋のような建物を父が購入し、リフォームしてこの純喫茶を造った。店の内装は父の趣味がそのまま形になったようだった。いつもブラウンおじいちゃんが座っているブランコの形をした椅子、床にはひし形のタイルが敷き詰められ、テーブルごとに置かれている小さなランプはステンドグラスで作られている。これは母が作ったものだ。奥にはキッチンがあり、料理やドリンクを置くスタート台が設置されている。本棚には古い雑誌や本、そしてたくさんのレコードが並べられており、そのうちのほとんどは父の好きなジャズだ。

父は建築家だった。光彦が生まれたときから、父は何かを創る人だった。ゼロから何かを生みだす人だったし、もともとある何かに新たな命を吹き込む人でもあった。デザインを考えるだけではなく、それが形になっていく場所にも足を運び、ものが出来上がっていく過程まで見届ける人だった。光彦は子どものころからずっと、何かを生み出す父の背中を見つめ、そんな父に深々と頭を下げて去っていくたくさんの笑顔を見た。マイホームを目の前にして微笑む夫婦とその子ども、より住みやすい家になって喜ぶ老夫婦、部屋が新しくなって駆けまわる幼い子どもたち。父は人を幸せにするために、家をはじめとする様々なものを創り続けていた。

小春とるりが一日のうちに生まれ、凌馬が生まれ、店に天窓ができ、真歩が生まれた。六人兄弟になっても、光彦は生活に不自由を感じることはなかった。男三人で一部屋っていうのが狭いな、と思ったことはあったけれど、そんなことはどうでもよかった。ゲームやそういう遊び道具もいらなかった。連ヶ浜の町には海があり山がある。それだけでじゅうぶんだった。

今思うと、あのとき自分は、何も知らなかった。

光彦が高校一年生の夏休み、父はあおいの家のリフォームをしていた。そのころの光彦はもちろんあの小さな女の子の名前があおいということも知らなかった。毎日部活をしに高校へ行って、帰りに海に寄って部員たちとバシャバシャ遊んで、びしょぬれになって腹を空《す》かせて喫茶店へ行って、父にビーフシチューを届けていた。焼けて皮がむけた肩は、リュックを背負《しょ》うと痛かった。膝《ひざ》まで捲《まく》り上《あ》げた黒い学生ズボンとサンダル、そして大きなタッパー。あのころは明日がくるのが毎日待ち遠しかった。

あのころの光彦は、顔をしかめると痛みを感じるほどに日焼けをしていた。そして、それは父も同じだ。頭にタオルを巻いた父は全身汗だくになっていて、それでも笑って光彦の名を呼んでくれた。仕事が終わると、喉《のど》が痛くなるくらいに冷えたビールを飲んでいた。光彦はその夏、初めてビールを飲んだ。

あのころは、夏が待ち遠しかった。どうしてかはわからないが、夏は、待ち遠しいものだと信じて疑わなかった。

気付いていなかったことはたくさんある。夏が待ち遠しいのは少年だからということ。ビールは味を意識するものではないということ。あのリフォームは、あおいのためではなく、あおいの妹のためであったこと。そして、やがて夏は終わるということ。

その冬、父は入院した。それから父の肌は、どんどん白くなっていった。牛乳ものりトーストも、ビーフシチューも、食べられなくなっていった。

★

濃い紺色のパンツスーツから伸びたふくらはぎのラインを、クーラーからの風がなぞっていく。女の子にしてはふっくらと張ったその形を見ても、きっとこれまで日常的に何か運動をしていたのだろうと分かる。光彦がショートカットの女の子と集団面接で同じグループになったのは、今回が初めてだ。

さっきの待合室で、女の子も光彦のことを見つけたというような顔をした。きっと、向こうも同志だと思っているのだろう。光彦はすぐに目を逸《そ》らす。

今日は、三対三の集団面接。三つ並んだパイプ椅子に、光彦は浅く座っている。

「それでは、学生時代に一番力を入れたことと、現在の就職活動の状況を、向かって右側の方から教えてください」

右側に座っていた光彦は一度肩を回して胸を張る。一時的でも猫背を直す魔法だ。

「はい。私は百名を超えるテニスサークルの会計を務めていました。大会での勝利を目指して、毎日夜遅くまで仲間達とテニスの練習に励みました。人数が多いのでメンバー同士が衝突することも多々ありましたが、そのときは私が間に入って話し合いの場などを設け、お互いの意見を聞き、チームワークをより強固なものにしてきました。また、毎日の厳しい練習を経て体力、忍耐力、先輩や後輩とのコミュニケーション能力も得たと自負しています。そんな私は、御社で必ず力になれると思います。現在の就職活動の状況ですが」

ここで一度、唾《つば》を飲み込む。

「メーカーを中心に活動を続けていますが、まだ一社も内定をいただいていません。だからというわけではありませんが、御社にかける思いはとても強いです。よろしくお願いいたします」

ほつれたセーターの毛糸を引っ張ったときのように、光彦の口からはするするすると言葉が流れ出てくる。光彦が何度も何度も何度も何度も言ってきた台詞《せりふ》だ。

でもきっと、面接官だって何度も何度も何度も聞いてきた台詞なのだろう。

「わかりました」

「それでは次の方、お願いします」

面接官の表情は分からない。喜怒哀楽のどれでもない。そのうちのどれかを引き出すべきなのかもしれないけれど、光彦はそれをたったの一度もできたことがなかった。

「はい」

光彦と入れ替わるようにして、ショートカットの女の子が口を開いた。光彦はここで大きく息を吐き出す。

「私は体育会の女子バスケットボール部で主将を務めていました。一年生のころは全国大会に出場できずに悔しい思いをしましたが、メンバーと話し合いチーム制の練習を導入してから、メンバー内の競争心が高まり結果がついてくるようになりました。そして去年、ついに七年ぶりの全国大会出場を果たしました。日々の繰り返しと思われることに工夫を加え成果をあげるということは、きっとどんな仕事でも大切になってくるのでは、と感じています。私はすでに数社から内定をいただいています。だけどもっともっと自分にできることがあるのではないか、こんなふうにいろんな企業に勤めていらっしゃる方々とお会いできる機会はもうこの先ないのではないか、そんなことを考えて、最後まで色んな企業を見ようと思っています」

女の子の背筋は、シャンと伸びている。

太ももの上にある光彦の握りこぶしから力が抜けた。

◇

一年生の女の子はあんまりかわいくなかった。

「おめー結局来たのかよ！」

どうしようもねえヤツ、と圭一《けいいち》が頭を叩《たた》いてくる。

「うるせえな。ていうか、一年言うほどかわいくねえじゃんかよ。お前話盛ったべ？」

「いやいやいや、目を凝らせばけっこういいのが埋まってますよ？」

圭一はそう言って、意地悪そうな笑みを浮かべてビールを飲み干した。岩のようなのどぼとけがごくりごくりと波打って、それを見ているだけで酒がすすむ気がする。

気がするだけだけど。

「さっき三年生が言ってたぜ。光彦さんまだスーツ着てる、やべえぞって」

うっせえほっとけ、とぼやきながら、光彦は軟骨の唐揚げを一つ取った。レモンがかかっていない。質の悪い生温かいあぶらが、じう、と口の中に広がる。

圭一は、血管の浮いた真っ黒な腕で新たなビール瓶を取ってきてくれた。「お疲れ様っす～」と笑いながら、光彦のグラスにビールを注いでくれる。ポロシャツの半袖《はんそで》を肩まで捲っているので、二の腕の筋肉が盛り上がっているのが見える。圭一は第一志望であるメガバンクから三月のうちに内定をもらって、早々と就活を終えた。そしてすぐにサークルに戻ったから、一年生ともかなり打ち解けているようだ。

就活中は、誰もがサークルに寄りつかなくなる。たまにスーツで部室に行っても、同期がいなければ長居はしない。あんなにも居心地がよかった場所なのに、少し行かなくなっただけで空気の温度も色も変わってしまったような気がする。今日のコンパも何気なく参加したように見せかけて、事前に圭一にラインをしていた。お前行く？と送ってすぐ、圭一は返事をくれた。久しぶりに光彦も顔出せよ。一年の女子かわいいぜー。

七夕コンパには六十人ほどのメンバーが参加していた。おととい招集をかけた割には集まりがいい。皆が帰りやすい新宿駅の東口にあるこの居酒屋は、サークルの飲みによく使われている。プレモル込みの二時間飲み放題で、【七夕価格七七〇円★】つまみは一律二百七十円。灰皿を自分のところにまで引き寄せて、光彦は煙草に火を点《つ》ける。

大きなテーブルを六つ、このサークルで占領している。座敷には小さな座布団が散乱しており、後輩たちは好きなようにコールをかけながら酒を飲んでいる。

すごくうるさい。すごくうるさいけれど、その中に入ってしまえば気にならない。こういうとき何も考えずにいられる人間のほうが、きっと、社会に出てからたくましく生きていける。

「今日コート練？　お前も行ってたんだろ、汗くせえし。どうせ女どものパンツ目当てだろ？」

「皆スパッツ穿《は》いちまうんだよな。って違うわ。お前今日も面接？　ネクタイ曲がってるぜ」

圭一にちょいちょいとネクタイを引っ張られて、光彦はため息をつく。しゅるりと結び目をほどいてボタンをひとつ開けると、首輪を外された犬の気持ちが少しわかった気がした。

「いいよなーお前は商学部で……文学部なんて、なーんも面接で話せることねえよ」

今更学部を嘆くなよ、と正論を突き返され、ビールが急にまずくなる。

「だって学生時代何勉強してましたかって聞かれて、梶井基次郎《かじいもとじろう》の檸檬について合評してましたって言える？　お前言える？　あー腹立ってきた軟骨にレモンかけろっ」

「はいはい、飲みすぎんなよお前」

わっと奥のテーブルで大きな声の爆発が起きたと思ったら、その中心では二年の男子がビール瓶を逆さまにして口に突っ込んでいた。

みんな笑っている。ように見える。

こういうときは何も考えない方がいい。そう思っている時点で、何かを考えているのだけれど。

「おーい、おい、愛美《まなみ》」

んー？という声がして、別のテーブルにいる見たことのない女の子が上半身をこちらにねじった。あごの辺りで内側にカールした栗色のボブが、とてもよく似合っている。圭一は慣れた様子で話しかける。

「そっちにレモン余ってねえ？」

「一回絞ったやつならあるけど」

「あー、じゃあもうそれでいいや。おっけ、投げて、サンキュ」

飛んできたレモンを右手で受け取って、圭一は「ほら」と言って光彦にそれを差し出した。額にべたっとはりつけられているような黒髪ばかり見ているので、後輩の華やかな髪の色は今の光彦には眩《まぶ》しかった。黄色いかけらを受け取りながら、光彦は言う。

「何あの子、かわいいじゃん。俺見たことねえぞっ」

「だって一年だもん」

「でもお前にタメ口だったよな？」

「そりゃそうだろ。彼女だもん。俺、二男三男から恨まれてる」

一年女子で一番人気だったからな。圭一はそう付け加えて、少し誇らしげにビールを飲んだ。読モだぜ読モ、と鼻の下を伸ばす圭一のまゆ毛は、今日もきれいに整えられている。

圭一は器用だ。内定も、彼女も、テニスの実力も、欲しいものは何でも手に入れる。少なくとも光彦にはそう見える。

「俺さー」光彦は二本目の煙草に火を点けた。

「おー」

「ちょっとかわいいなって思ってた子いたんだよ。ショートカットでさ、濃い紺色のパンツスーツ着て。目でっけぇの、ほら、俺目おっきい子好きじゃん？」

「そういう女優の動画ばっか見てるもんな」

「………いまだにいろんな面接で見る子だから覚えちゃってさ。あーあの子もまだ決まってないんだな、って勝手に安心してたんだよ。なんなら俺が嫁にもらってやるから大丈夫だよ、つって」

「いや、お前も内定出てねえから。嫁とか言ってんじゃねえよ」

「冗談冗談。そんでさ、今日初めて集団面接で同じグループになったんだけど」

私はすでに数社から内定をいただいています。だけどもっともっと自分にできることがあるのではないかと、最後まで色んな企業を見ようと思っています。

「……いーや。もう知らね。どうせ俺は動画ばっか見てますよー」

ワックスのついていない黒髪をガシガシとして、光彦はあぐらをかいたまま座布団の上に寝転んだ。「んだよ。自己完結すんなよ」圭一はもう二杯目のハイボールを頼んでいる。さっき散々ビールを飲んでいたくせに、相変わらず顔が赤くすらならない。ビールを飲んで寝転ぶと、全身を揺らすほどに心臓が脈打つ。顔に熱が集まっているのがわかる。光彦は酒に強くない。本当は、ビールだってまだ苦い。煙草だってきっと似合っていない。そんなこと自分が一番わかっている。

店の天井には、店員たちが書いた色とりどりの短冊がぷらぷらとぶら下がっている。太い黒字で書かれた「世界平和!!」が冷房の風に揺れている。

「光彦、お前短冊書けよ、彼女くださいーって。あ、あと内定も」

「笑えねんだよ」

「……けーいちー」

光彦は寝転んだまま右手を顔の上にかざす。居酒屋のライトは意外とまぶしい。

「おう」

「……飲み会、四年生あんまりいねえじゃん」

「皆練習には来てたんだけどな。男どもは彼女とかと遊びまくってるみたいだから。夏休み旅行行くとかでバイトに燃えてるヤツも多いけど」

「……お前いつからあの子と付き合ってんの」

「五月末くらいかな？　誰かが手つける前に、いかせて頂きました」

「旅行行くの？」

「八月にサイパンの方に」

ふざけんなよおおお、と光彦が上半身をバタバタさせていると、一年生の女の子たちがくすくす笑いだした。「こんな先輩になっちゃだめだよー」と圭一が笑いを煽《あお》っている。もういいや、とうつ伏せになって座布団に顔をうずめていると、太もものあたりで何かが震えた。

五回、六回と震えたところから、これはメールではなく電話だと分かる。「何なんだよお」ともぞもぞしながら、光彦は携帯を取り出す。

姉ちゃん
背中に氷を当てられたように、ぴっと背筋がびくついた。

「……はい」

【光彦？　あんた今どこにいるの？】キャバクラ！　と圭一が大声を出す。光彦は大慌てで圭一の口におしぼりを押し込む。

「……えっと、今新宿にいるんだけど」

【どうせやっすい居酒屋で飲んでるんでしょ？　あんたはキャバクラなんて行く勇気ないだろうし】

はい、と萎《しぼ》んでいる光彦を前に圭一はげらげら笑っている。

【あんた今日カテキョの日だよ】

がばっと上半身をあげると、また少し頭がくらっとした。

【さっき吉田さんちから電話あった】

電話の向こう側から、バカ兄貴ー！　という凌馬のサル声が聞こえてくる。

「……今何時？」

【新宿で飲んでるってことは、一時間の遅刻は確実だね。とりあえず謝罪もかねて今からでも行きなさい】

ほんとバカなんだから、という琴美の声がドリルのように耳の穴を掘って突っ込んでくる。圭一が「生二つくっださーい！」と言って光彦にもビールを差し出してくる。

【生二つくっださーいじゃないわよ……今日の面接だって、手ごたえどうだったのか知らないけどさ……ちょっと光彦、聞いてる？】

うん、と家にいるときのように頷《うなず》いてしまう。

【大丈夫だよ】

父の声が聞こえた気がした。

【あんたは、お父さんとお母さんの子なんだから。大丈夫だよ】

それじゃあちゃんと吉田さんに謝るんだよ。そう言って琴美は電話を切った。

圭一がおしぼりをぶん投げてくるまで、光彦は、何も聞こえなくなった携帯を耳から離さなかった。

◇

吉田家のリビングでは、あおいの母親が紙芝居をしていた。と思ってよく見たら、それは大きな英単語のカードだった。あおいの妹が無邪気な声で「すぷりんぐ！　はる！」と手を叩《たた》いている。

今日は、風が強かった。口をぽっかりと開けば、体内にある酒が水蒸気になってどこかへ消えてしまいそうだ。

「……先生、ちょっと酒くさいんですけど」

「え、もしかしてあおいちゃん大人の男って感じでドキッと」

「しません」

「……ごめんね、今日」

いいですよ別に、と言うあおいの机には、グラスが二つ置かれている。一つは空で、もう一つには麦茶がなみなみと入っている。氷が溶けてしまったから、こんなにもたっぷりに見えるのだろう。

下の階から「うぃんたー！　ふゆふゆ！」という妹の声が聞こえてくる。

「英語って、母ちゃんの腹の中にいるときに聞かせるのが一番いいんだってよ。ぶっちゃけ、生まれてからはそんなに意味ないんだって」

「その話、お母さんに聞かせてあげて下さい」

あおいはそう言うと、生物のドリルを差し出してきた。ＡＡとかａａとか、遺伝の基礎だ。このあたりは考えて間違えるということはない。ただ組み合わせを書いていくだけの問題だ。

「いや、今日はほんとごめんね。忘れてたわけじゃないんだよ」

「別に大丈夫ですよ酒くさい息で忘れてたわけじゃないとか言われても説得力ないですけど」

あおいは息継ぎをせずに棒読みした。「ほんとごめん……」一つずつマルを付けていくと、赤ペンのインクがなくなって線がかすれてくる。

正解正解正解正解せいかーい、とリズムよく言うと、「適当じゃないですか」とあおいは笑った。適当じゃないよ、ほんとに全部合ってるよ、と、光彦は「100」と書く。

汚いな、俺の字。

冷房の効いていない夏の夜は、気の抜けたコーラみたいだ。今日は風が強いから、窓を開ければ海のにおいがするかもしれない。今年の夏は海で泳いだりできるのかな、と思ったとたん、大きなあくびがひとつこぼれた。

あおいのきれいな文字。A、a。

遺伝。遺伝か。

「あおいちゃんさあ」

解答冊子を丸写ししたような完璧《かんぺき》な解答を見ながら、光彦は頬を押さえた。今更酔いが回ってきたようだ。電車でずっと立っていたのが良くなかったのかもしれない。

「本当にカテキョなんてているの？　できない教科ないじゃん」

ころり、と赤ペンを転がして、光彦は椅子の背もたれに体重を預けた。

「お母さん、親父にリフォームで世話になったから、俺を雇ってくれてるだけじゃねえの」

こんなことをあおいに言ったってしょうがない。そんなことわかっているけれど、火照った頬はどろどろに溶けた言葉をどんどん生みだしてしまう。

「……俺さー、今日も同じようなこと言ってたよ」

「先生？」

ノックをして赤ペンの先をしまう。人差し指と中指のあいだにペンを挟んで、くるくると回す。六角柱のひとつひとつの角がコクコクと指を刺激する。

「俺、毎回毎回、同じような嘘ついてる」

指の力を抜くと、ペンは回りながら床に落ちた。「先生？」あおいはペンを拾ってくれようと身をかがめるが、光彦は「いいよいいよ」とそれを制する。

こんなこと言ったって仕方がないとはわかっている。だけど、言葉はこぼれてしまう。誰かに聞いてほしい。七歳も年下の女の子だっていい。誰かに話を聞いてほしい。

光彦は椅子から立ち上がって、ペンを拾うためにしゃがむ。

ぽき、
と、膝《ひざ》が、鳴った。

「嘘ばっかりだ、俺」

学生時代にがんばったこと。

ぽき、ぽき、と関節の骨が鳴るように、声がこぼれる。

「ほんとに毎日厳しい練習してたらさ、こんなふうにしゃがんだだけで膝が鳴ったりしねえよな」

床の下から、「おーがすと！　八月！」と弾《はじ》けるように明るい声が聞こえてくる。

「会計っつってもさ、ちょっとずつ皆から多めに金集めて、余った分でいかに幹部の飲み会を企画するかって係だったんだ、俺」

しゃがんでいると、スーツのズボンから居酒屋のにおいがする。唐揚げのにおい、煙草のにおい、レモンのにおい。耳元で弾け飛んでいた六十人分の喧騒《けんそう》。六つのテーブル。座布団の上にあぐら。男子たちの日焼けした腕、汗で錆《さ》びたネックレス、むきだしの砂っぽいふくらはぎ。あんまり日焼けをしていない女子、甘いサワー、弄《もてあそ》ばれるおしぼり、効きすぎていた冷房。店員たちの書いた、何の罪もない短冊。落ちた赤ペン。鳴った膝。ベルトにひびが入った腕時計。

「モメてるヤツらを仲裁したことだってない。俺のサークルなんてモメるほどちゃんと練習してねえし。適当に飲んで遊びに行って女の子と仲良くして、そんなことしかしてなかったんだ、ずっと」

それでも皆、うまくやるんだ。圭一みたいに、欲しいものは手に入れていくんだ。飲み会中、家族から電話がかかってくるのなんて、俺だけなんだ。

「大学の授業だってさ、三分の二以上の出席で単位くれるからって、皆四回とか五回とか平気で休むんだ。圭一なんか五回休んだうえにサークルの奴らに代返頼みまくってさ」

一年生のかわいい彼女だって作りやがって、と続けると、あおいはちょっと笑った。

笑ってくれた。

「だけど俺は授業に出る、ちゃんと。休んでもせいぜい一回や二回。俺が休んでるときにすげー大事な話されたらどうしよう、とか、いつも考えるんだ。たいていそんなことないのに」

赤ペンを拾う。

「バイトも続かねえ。ミスばっかりで。クビって言われるわけじゃないけど、居づらくなって自分からやめちまう」

透明のプラスチックの中を通る細い管の中に、もう赤いインクは残されていない。

「カテキョのバイトだって、姉ちゃんが見つけてくれたんだ。昔、親父がリフォームしたところが家庭教師探してるらしいって」

そのままドン、と尻《しり》もちをついて、床の上にあぐらをかいた。

「……飲み会だって、ほんとはそんなに楽しくねえ。みんなすげえ騒いでるけど」

ビールは苦い。初めて飲んだあの夏と変わらず、まだ苦い。

「でも、誰かに会いたかった」

ずっと持っていられないほどに冷えていた缶ビール。喉《のど》で暴れる金色の苦み。苦み。苦み。苦いからいらないと言って缶を返しても、父は嬉《うれ》しそうに笑っていた。アルミ缶よりも汗をかいた横顔で、改築したこの家を愛《いと》しそうに見つめていた。

「……あおいちゃん、すげえちっさかったのにな」

「先生、今度は何の話？」

「俺の親父がこの家リフォームしてたとき。俺、昼飯とか届けに来てたんだけど、覚えてる？」

話が飛び飛びですよ、と笑いながらも、あおいちゃんは話の腰を折らない。

今日だって、麦茶を二つ用意してくれていた。暑がりの俺に、氷まで用意してくれていた。

やさしい子だ、と思う。

「覚えてますよ、うっすらだけど」

やさしすぎて、かなしくなる。

「私あのとき年上の男子ってのが怖くて、話したりはしなかったけど。全身真っ黒でいっつも制服かチェックの短パンで。まだ中学生とかでした？」

「ううん。高一。あれ、高一の夏。超童貞の高一の夏。俺、あのときの親父の姿すげえ覚えてんだ」

もう一度、赤ペンを握る。握りしめる。

「親父が働いてる、最後の姿だったから」

最後の、と、あおいはその言葉だけ繰り返した。

「俺が、めしーってタッパー持ってくと、親父はいつも、ビーフシチューか、って嬉しそうに言ってたな。あちーのにあちーモン食いたがるのな。ナポリタンとかカレーとか持ってった日は俺に怒るのな。タオルとかで首絞められて」

カチ、カチ、と赤ペンをノックする。そうしていないと、自分が転がす言葉と言葉の間が埋まらない。

「この部屋、もともと一つの大きな部屋だったよな。いまは置き家具で仕切られて二部屋になってるけど。すげえな、こんなリフォームしてたんだ。ベランダに出る窓が何で二つあるんだろうって思ってたけど、妹さんの成長に合わせて間取りを変えるためだったんだな」

妹さんが小さい間は、思いっきり遊んで、走り回れるスペースを確保してあげることが大切なんだ。だけどいつまで経ってもそれじゃおかしいから、途中から本棚とか、そういう大きな置き家具やカーテンで部屋を分けられるようにする。やがて部屋が二つになることを前提に、コンセントや窓の位置を考えて、創る。

「すげえなあ、親父って」

あおいちゃんは頷《うなず》いてくれる。

「すげえんだよ、親父って」

あおいちゃんは何も言わないで、もう一度頷いてくれている。

「毎日働いて、家族のこと養って。俺んちなんて六人きょうだいだぜ。だけど一回も不自由な思いなんてしたことねえ。それに、親父はこうやって誰かの生活を支えるってこともしてたんだ、ずっと。すげえ、すげえよなあ」

もう、ボールペンをカチカチしなくてもよくなった。あおいの相槌《あいづち》が、光彦の言葉と言葉のあいだを埋めて、繋《つな》げてくれる。

「母ちゃんの腹ん中に六人目ができたってわかってすぐ、親父に癌が見つかってさ。親父、いきなり、まだ全然生まれる前だったのに、次の子の名前は真歩にする！　って宣言したんだよな。これなら男でも女でもいいだろって。生まれるころには、自分で名前を付けられないって思ったのかもしれない」

わかんないんだけどさ、と、無理やり明るい声を出す。

「そのあと、急に店の天井をリフォームしだして、店の名前もいきなり【星やどり】に変えた。そのあともバンバン色んな仕事してさ。癌って言っても、そのころは大丈夫だったみたいだな。俺もよく覚えてないけど、転移とかしてなくて、病院にはすげえ通ってたみたいだけど、仕事はこれまで通りできてた。でも」

うん、と頷くあおいの声が近くなった。いつのまにかあおいは、光彦のすぐ後ろに座り込んでいた。

「高一の冬、いきなり入院してさ。ほんといきなりだった。あんなにかっこよかった親父がさ、真っ白いベッドで真っ白い服着てんの。髪も抜けてってさ。小春もるりもまだ小学生で、やっと生まれた真歩は五歳とかで、姉ちゃんが一人で母ちゃんを支えてた。俺、何もできなくて」

「うん」

「親父、三年近く病院でがんばったんだけど、俺が浪人してた冬に死んじまった。一気に全身に癌が転移して、呆気《あっけ》なかった」

「うん、うん」

スーツ姿であぐらをかいていると、ズボンが引っ張られて足首が露《あら》わになる。細い足首だ。あの夏の親父の足首は、もっともっとがっしりしていた。

「死んじまう一週間くらい前に見舞いに行ったとき、もう親父つるっぱげだったんだけどさ、まだ話せたんだよ。俺大学どこにも受からなくてさ、浪人時代も結構まいってたんだ……ほんとは俺が親父を元気づけてやらなきゃいけないのに」

カチ。

カチ、カチ、カチ。

「親父、言ったんだ」

「どこの大学に行ってもいいから、将来、誰か人の役に立つ仕事をしなさい。俺は喜んでくれる人の顔を見て、今までがんばってこられた。だからきっとお前もそういう人間のはずだ」

カチ、カチ、カチ。震える声を隠したくて、赤ペンをまたノックする。カチ、カチ、カチ。

震える声を隠したい。だけど、話を聞いてほしい。誰かに。

「……大丈夫だよって、言ったんだ」

大丈夫だよ。

「お前は俺の子だから大丈夫だよ、って、言ってくれたんだ」

あんたは、お父さんとお母さんの子なんだから、大丈夫だよ。

「俺、あおいちゃんちに来るの、辛《つら》いんだ。本当はずっと前から辛かった。この部屋に入るたび、思い知らされる気がするんだ。親父がいかにすごかったか、俺がどれだけ情けないか」

カチカチカチカチカチカチ。もう隠せない。声が震えて、言葉が揺れる。

「俺は七月になっても内定の一つも取れねえ。人の役に立つ仕事なんて、何なのかすらわかんねえ。全然大丈夫なんかじゃねえ」

あの言葉を琴美からの電話で聞いたとき、光彦の頭の中で父の顔がフラッシュバックした。日焼けをした真っ黒な顔ではなく、何年も真っ白いベッドに張り付いていたあの顔。

「想像がつかねえんだ。自分が学生じゃなくなることとか、これからずーっと働き続けることとか、こんな似合わねえスーツを着続けることとか。全然自分のことだと思えねえんだ。俺が親父みたいになれるなんて、全然思えねえ」

細い足首が、少し太く見えた。違う。ゆらゆらと視界が揺らいでいる。

「俺って何なんだろ……」

だせえ。泣くな。女子高生の前だぞ、俺。

「先生ださいですね」

なぬっ、とふざけた声を出すと、涙が一粒落ちた。ズボンの股《また》の部分に、小さな染みが広がる。

「いいですよ、振り返らなくて」

あおいはそう言うと、てのひらを床に置いた。伸びたつめがフローリングに当たって、かつ、と小さな音がした。

「家庭教師、私には必要ですよ」

かつ、かつ、とつめの音がしたかと思ったら、きゅる、とあおいの腹が鳴いた。情けない音だったので、光彦は少し笑ってしまう。つめの音じゃ隠せなかったんだな。

「先生は煙草もスーツも似合わないし猫背だしださいし、今日だってこんな風に遅刻とかするし、お情けで雇われてるだけかもしれないですけど、私には必要」

あおいはいま後ろにいるはずなのに、すぐ隣で話してくれているみたいだ。「ちょっと悪いところ言いすぎじゃないかな……」光彦は背中を丸めたまま、もう一つ増えたズボンの染みを見つめた。

「だってビーフシチュー、おごってくれるって言いましたよね。お父さんもそんなに好きだったんなら、どれだけおいしいのか楽しみ。約束守ってくださいね」

「理由それかよ！」

親指で涙を拭《ぬぐ》ってぐるりと振り返ると、あおいは楽しそうに笑った。

「先生のお父さんだって、スーツ似合ってなかったですよ。リフォームが完成したときに一回だけ着てきたの、私、覚えてます。びっくりしたんです、似合ってなくて」

だから大丈夫ですよ、と言って網戸を開けたあおいは、「風つよーい」と黒髪を揺らした。開けられた窓から吹き込んできた海風が、涙の跡の上を撫《な》でていく。細い冷たさだけが光彦の頬の上をもう一度伝っていった。

◇

三男　真歩

史郎伯父《おじ》さんの部屋はいつ来ても埃《ほこり》っぽい。きちきちに詰まった本棚から本を出し入れするたびに、窓からの光を受けた埃が瞬くようにして光る。

つま先立ちをしているからか、小春のむきだしのふくらはぎはふるふると震えている。本棚の一番上の段に精いっぱい手を伸ばしているその姿は、同じクラスの黒板消し係の女の子みたいだ。あんな高いところにどんな本があるのか、真歩は知らない。

「はる姉」

「ひゃっ」

小春はびくっと肩を震わせて、すぐにこちらを振り向いた。

「真歩かー、もーびっくりしたじゃん！　あんた忍者になれるよ、いま気配ゼロだったからマジで」

　小春は少し気まずそうに真歩を見ると、ゴボゴボと咳《せき》をした。やっぱり本棚には埃が溜《た》まっているらしい。

「なんか本探してるの？」

「んー、別にー」高校三年生の姉に向かって「参考書？」と聞こうとしたが、そんなわけないと思い真歩は言葉を換えた。

「……はる姉がおばあちゃんちいるなんて珍しくない？」

「そー？　でも来たら和菓子とかもらえるしー」

　今日は水ようかんだったし、と、小春は返事になっているようななっていないようなことを言いながら、伯父の部屋からさっさと出て行ってしまった。狭い部屋を囲い込むようにして立っている本棚には、上から下までぎっちりと本が並べられている。ここはどんな本でも手に入ってしまう魔法の図書室みたいだ。

　家から、駅や商店街がある海の方向とは反対に走ると、いくつもの寺や長い階段、墓地があり、色とりどりのあじさいが咲く山がある。伯父と祖母が暮らす小さな家は、その山の中にある。かくれんぼの鬼に見つからないようにひっそりと隠れているようなこの家も、魔法の図書室のような伯父の部屋も、真歩の大好きな場所だ。この山には不思議な動物や知らないものがたくさん眠っている気がする。歌う花とか、しゃべるリスとか、歩く家とか。

「真歩？」

ガチャ、と固い音がしてドアが開いた。「来てたのか」煙草の匂いがして、伯父だとわかる。「お前、ランドセル背負ってるようなガキなんだから、外とかで遊べ」伯父の低い声には芯《しん》が通っている。伯父には、なんというか、煙草が似合うとか、ひげが似合うとか、そういう外見的なものではなくて、例えば上の兄ふたりには絶対にないような大人の雰囲気がある。そしてそれはきっと、手に入れようとして誰もが手に入れられるものではないのだろうと真歩は思う。

「カメラ、大事にしてるか」

うん、と真歩が頷《うなず》くと、伯父は「そうか」とだけ言って机に座った。プリントやペンや色々なもので散らかった机の上は、いつ来ても片付いていない。

ふたりの兄はよく「あんなに無愛想なのに塾講なんてほんとにできんのかねえ？」とげらげら笑っているけれど、真歩は、伯父さんが先生だったらきっと塾が好きになるのにな、と思っていた。確かに愛想はないけれど、伯父はやさしい。そのやさしさは、雨が降っているけれどなぜか空気はあたたかい、そんな夜に似ている。

「伯父さん、さっきはる姉来てたよね？」

「あー……来てたかもな」伯父さんはこっちを向かないで答える。

「僕、はる姉ここにいるの初めて見た」

「そうか?」

「はる姉よく来るの?　本、借りてくの?」

いつでもどこでもうるさいはる姉と、伯父の持っている本とがどうしても結び付かない。どんな本でも揃っているこの魔法の図書室は、自分だけが知っている秘密の場所みたいな気がしていたので、真歩は少し悔しくなった。

「知らねえなあ。何か借りてったのかもな」

知っているんだな、と真歩は思った。伯父は、誰がどんな本を借りていったのか誰にも言わない。そういえば、と真歩は思い出す。伯父さんは、僕が小学一年生の時、お父さんの病気を調べるために体に似合わないほどの分厚い本を借りていったことも、誰にも言わないでいてくれた。

本を借りるって、自分がこういう人ですってバレてしまうみたいで、ちょっと恥ずかしい。伯父は、そういう気持ちをわかってくれている気がする。だから、やっぱりやさしい人だと思う。

父がいたころ、本はとても重かった。持ち歩きができないくらいに重くて大きくて、こんなふうに何日かで読み切ってしまえるものだとは到底思えなかった。

「じゃあ僕帰るね。これ借りてくね」真歩は大きな写真集をひらひらとさせた。伯父が振り返らないと知ってはいるけれど、一応だ。

「真歩」

伯父は万年筆のキャップを、かぽり、と外した。

「またいっぱい写真撮れたら、見せろよ。俺は山も海もあんまり好きじゃないけど、お前の撮る風景なら好きだから」

「……伯父さん」

「ん？」

「そういうこと、昔から言えてたら結婚できてたかもね」

「……そういうこと、小学生のうちから言ってたらロクな大人にならねえぞ」

下で、ばあちゃんが水ようかんを用意してる。伯父はそれだけ言うと、しっし、と真歩に向かっててのひらを払った。夏になるといつも、祖母は水ようかんをきんきんに冷やしておいてくれる。つぶあんがそのまま入っている水ようかんの表面はとてもぴかぴかしていて、まるで夏を映す鏡みたいだ。

その鏡に、自分の姿は映る。伯父さんも映る。おばあちゃんも映る。写真には、お母さんも映る、きょうだいみんないっしょにだって映る。空だって花だって風だって映る。

だけどたったひとつだけ、映らないものがある。

出席番号順に、どんどん教室に戻ってくる。平静を装う男子とは対照的に、女子はきゃあきゃあと黄色い声で騒いでいる。女子にとって、写真を撮られることはかなりの一大事みたいだ。男子は一人ずつバラバラに帰ってくるけど、女子は仲良しの子の撮影が終わるまでどこかで待っている。

◇

女子は磁石に似ている。気が合うもの同士はなかなか離れない。だけど、何かの拍子で裏返しになってしまった子は、もう二度と仲間にはなれない。

五時間目は、体育館で卒業アルバムの個人写真の撮影が行われた。クラスで一列ずつまっすぐに並んで、順番に写真を撮られた。真歩たちのクラスのカメラマンは、若い男の人だった。カメラの向こうにある顔はよく見えなかったけれど、顎《あご》にひげが生えていることと、長い髪の毛を一つに結んでいることだけは分かった。

教室に戻ってきてからは自由時間だ。隣のクラスや外にまで遊びに行く男子とは違い、女子たちはいつまでも教室の中でキャーキャーと騒いでいる。胸まで写るんならもっとかわいい服を着てくればよかったあ、昨日お母さんにまゆ毛剃《そ》ってもらっちゃった！　皆でおそろいのピン留め、ちゃんと写ってるかなー、あたしも唯《ゆい》ちゃんといっしょのピンクにすればよかったー、ていうかカメラマンさんかっこよかったねえ！　えーシホチャンファザコンー！

皆、好きなように話し、笑う。一度体に触れてそのまま流れ落ちていく言葉たちは、まるで夕飯前に浴びてしまうシャワーのようだ。たまに耳の中に入ってきてしまう言葉もあるが、そのときは顔を傾けて、片足でトントンと跳べばすぐに忘れることができる。

耳を塞《ふさ》いで、目の前の海の青に集中したい。そうすれば、波の音が聞こえるかもしれない。

「早坂くん、早坂くん」

すぐ横で声がした。反射的に顔を上げる。

そう言いながら、声の主は真歩の隣の席にどんと腰を下ろした。

「何見てるの？」

「……写真集」

「写真集？　すごい、きれい、これ海の写真？　そっか、早坂くんカメラいっつも持ってきてるもんな！」

誰だっけ。名前なんだっけ。真歩は、好意そのものでできたような笑顔を向けてくるその男子の顔をまじまじと見つめる。ん、なんとなく、さっきの個人写真の撮影で近くに並んでいた気がする。

「写真好きなんだな、早坂くん！」

その男子は真歩の訝《いぶか》しげな表情を気にすることもなく、声のボリュームをどんどん上げていく。教室に並べられている机、椅子よりも、もっと体が小さい。くりっとした目いっぱいに真歩のことを映している。よく周りを見ると、同じ班の女子たちがひそひそと話しながらこちらを見ていた。狭い教室で、こいつの声は大きすぎる。

「カメラでいつも何撮ってるの？　おれのことも撮る？」

こいつの大声よりも、女子たちのクスクス笑いのほうがよく聞こえてくる気がする。

そうだ、こいつ、転校生だ。いつ転校してきたかは忘れたけど、担任の隣で今みたいににこにこ自己紹介をしていたことを真歩は思い出した。どうりで見慣れない顔だと思った。真歩は自分の中で様々なことを片づけたあと、ピリオドを打つように言った。

「撮らないよ」

「何で？　何で？」

「別に仲良くないから」

言ったあとで、すこし言いすぎたかな、と思った。こういうことって、よくある。

そしていつも、素直に謝ることができない。

真歩は、クラスに友達が多くない。そして、自分にも原因があることは、うっすらと分かっている。

「じゃあ仲良くなればいいじゃん！」

予想に反して、転校生の声はより一層大きくなった。

「仲良くなって、おれのことも撮ってよ！」

クスクス、と、窓際からこっちを見ている女子たちが笑っている。どうしてだろう、あの笑い声が聞こえると、教室全体が笑っているように感じてしまう。「ねえ、ねえ、それなら撮ってくれる？」転校生がにこにこ笑ったまま顔を近づけてくる。自分も一緒に笑われているような気持ちになって、真歩は目を逸《そ》らした。

「ごめん、ハヤシくん、もう授業始まるからどいてくれない？」

ここ一応私の席なんだよね、と、隣の席の冨田《とみた》が言った。冨田は前の席替えで隣になったけれど、まだまともに話したことがない。話しかけられても、真歩は二言三言で会話を終わらせてしまう。真歩はこの冨田唯という少し大人っぽい女子が苦手だ。いつも何人かを背後に携えてトイレに行く後ろ姿とか、窓際に集まって教室の内の誰かを小さな声で笑っている姿とか。冨田は、いちいちカメラに収めたくないような姿をしている。

ハヤシは「あーごめんごめん！」とオーバーな動きをしながら冨田に謝り、自分の席へと帰っていったが、その途中で真歩のロッカーを覗《のぞ》き「やっぱり今日もカメラ持ってきてるー！」と叫んだ。やめてほしいと思ったが、真歩は何も反応しないことに決めた。

　どうしていきなり僕に話しかけたりしてきたんだろう。理由が見つからない。ハヤシ、という名字だって、冨田の口から聞いて初めて知ったのだ。

「早坂くん、ハヤシくんと何話してたの？」冨田がこっちを向いた。

「別に何も」聞こえてたから笑ってたんだろ、と真歩は思う。

「ハヤシくんって変わってるよね」

「うん」

「転校してきてからも浮いてるって感じ。髪の毛とか、ぼさぼさでちょっと汚くない？」

「そうかな」

　真歩が写真集から視線を外さないので、冨田はつまらなそうに前に向き直った。

　今日はあとひとつ、六時間目の学級会で一日が終わる。五時間目で卒業アルバムの撮影をして、六時間目で卒業文集の係を決めるみたいだ。隣の席では、鼻の穴をふくらませた冨田が携帯でメールを打っている。前の方の席の女子が、先生に見つからないように携帯を見つめている。たぶんあの子といっしょに、係に立候補するつもりなんだろうな。いつ手挙げる？　なんてことをやりとりしているんだろう。冨田はどんな授業でも、机いっぱいにカラフルなペンを広げている。授業の内容を書くというよりも、ノートの上で自分のセンスをいかに発揮するかということに力を注いでいるように見える。カラフルなペンも携帯のカバーも、仲良しの女子とおそろいみたいだ。真歩は写真集を机の中に仕舞うと、机の上に頬杖《ほおづえ》をついた。文集の係なんて、自分には関係のないことだ。今日はどの道を歩いて帰ろうかな。いつもみたいに、海沿いをゆっくりと歩こうかな。それとも少し遠回りをして、ばあちゃんちに寄ってから帰ろうか。そしたら階段を上ってお寺まで行って、山の写真を撮ろう。

連ヶ浜の町には、撮りたいものがたくさんある。空と海の境目がなくなっていく瞬間とか、まだ店が開く前の朝の商店街とか、伯父《おじ》の部屋から見える山の上の方にある赤い鳥居とか。真歩の頭は、いつだってそういうものでいっぱいだ。だから、いつ転校生が来たとか、卒業アルバムのうつりが良くないだとか、誰が誰を好きだとか嫌いだとか、そんなことはどうでもいい。

◇

先生が黒板に何かを書き、何かを言った。その内容は分からなかった。だけどそのあとすぐに、ハイ、と大きな声を出してハヤシが手を挙げたことだけは分かった。

「それで、あっという間に文集委員になっちまったと」

光彦兄ちゃんは本当にスーツが似合わない。真歩の顔に思ったことがそのまま出ていたのか、光彦は「……何だよ」と窓を開けて煙草を吸い始めた。ちなみに、煙草も本当に似合わない。

「なっちゃったっていうか、気付いたらなってたっていうか……」

「気付いたらなってた？」光彦は脱いだスーツをハンガーにかけながら繰り返す。まだ大学生なのに、去年の冬あたりからスーツを着始めた一番上の兄は何だか少し頼りない。「気付いたらなってた？　生理？」真剣に訊《き》いてくる凌馬に、必殺長男キックが炸裂《さくれつ》する。「いてえな！」「生理とか言うな小学生の前で！」「大事なことだろお！」

「お前ホントはよく知らねえだろ！」この二人が自分の兄だと思うと、真歩は時々悲しくなる。

「……クラスにハヤシって子がいるんだけど」

「うんうん」光彦は頷《うなず》きながらネクタイを外す。

「学級会でいきなり僕を推薦してきて。早坂くんと一緒にやります！　って」

「えー、何それ、お前その子に惚《ほ》れられてんじゃねえの？　真歩は俺に似てイケメンだからなー」

「そんなお前は俺に似てるんだからな」と光彦が付け加える。ゴムがよれよれのバスパンに部活の練習着のTシャツでベッドに寝転んでいる凌馬は、いつも汗くさい。今は、足の指でリモコンのボタンを押し、冷房の温度を下げている。真歩の表情がいくら「汗くさいなあ」と物語っていようとも、凌馬は全く気にしない。

「いや、ハヤシは男だから……」

「ひょえー！　大変じゃん、真歩！　早坂家の一大事！　どうすんの、ＯＫすんの？」

「バカお前、何で惚れてる設定を継続すんだよ！　お前いくらモテないからってそういうのに飢えすぎ」

「話聞いてよ」真歩の声はかき消される。

「んだよ兄貴だって彼女いねーだろ！」

「俺は高一のとき彼女いましたあー！」

「目だけでかいデメキンみたいな女だろ、ブサイクだなあと思ったからよーく覚えてるよ」

「え、ブサイクだった⁉」

「男子うるさい！」

ドカン、と音がして壁が揺れた。「ごっめーんよーお♪」凌馬がさらに大きな声を出すと、ドカンドカン、と今度は二回壁が揺れた。隣は小春とるりの部屋だ。るり姉はきっとお母さんの店の手伝いをしているから、いま隣にいるのははる姉だけだろう。夕食も終えてあとは寝るだけとなった今この時間でも、るりは店を手伝っている。最近は次の日の下ごしらえも手伝っているみたいだ。

家の二階には子ども部屋が二つある。男子部屋と女子部屋。決して広くはないけれど、三人分のベッドと勉強机のスペースはちゃんと確保されている。一番上の姉である琴美が家を出てからは、小春とるりが二人で女子部屋を使っている。男子部屋は壁に向かって勉強机が三つ並んでおり、それぞれカーテンで仕切れるようにもなっている。机に向かって斜め向きに置かれた三つのベッドも同じ仕組みだ。

お父さんが設計したのよ、と、いつか母が言っていた。

「それで？　ハヤシに告白されてどうなったの？」

だから違うっつの、と律儀にツッコみながら光彦は部屋着に着替える。それが高校の時の体操服だったので、真歩は、ダッサ、と思った。

「僕、大体学級会とか聞いてないから、反応できなくて。そしたら隣の席の女子が」

「女子が出てきましたよ、凌馬さん」

「おっぱいが二つ出てきましたね、光彦さん」

真歩はたまに、本当に自分にはこの二人と同じ血が流れているのかな、と思うときがある。

「……」

「それでそのおっぱいが？」

「……冨田、さんっていうんだけど。冨田さんが、男子がハヤシくんと早坂くんなら安心です、じゃあ女子は私とシホチャンでやりますって言っちゃって。それで決まっちゃったんだ、僕が何も言えない間に」

「誰だシホチャン！」凌馬がけらけら笑いながら、足の裏をぱちんぱちんと叩《たた》き合わせる。

「つーかそもそも文集委員って何すんだ？　文章は皆それぞれ書くわけじゃん？」

そういう委員的なものとは無縁の人生を送ってきました、という顔をしながら光彦が訊く。

「なんか、文集にはアルバムとは違った写真のページを入れたいんだって。学校や町の風景とか、皆が写ってるふざけた写真とか。アルバムみたいにぴしっとした感じじゃなくて、手作りって感じの、切り貼りしたような」

なるほどー、と言いながら、凌馬は光彦のベッドから取り出した漫画を読み始めた。話にもう飽きてきているのが丸分かりだ。

「じゃあハヤシってヤツは、お前が写真撮るの好きだからって手を挙げてくれたんだろ？」

手を挙げて「くれた」というところに、真歩は光彦の人柄を感じる。「兄貴四巻ねえの？」「光彦様と呼べ。どっかにあるだろー、あ、その棚は触るなって！」「はいはいエロ棚エロ棚」凌馬は漫画を片手に、ついにごろんと仰向《あおむ》けに寝転んでしまった。

真歩はハヤシの言葉を思い出していた。ハヤシはあのとき、立ち上がってこう言った。

カメラマンは早坂くんがいいと思います！

続いて冨田が立ち上がった。

あたしも早坂くんを推薦します。早坂くんの撮る写真、好きだから。

このとき、ある男子が「ひゅ～」と高い声を出したから、一瞬、教室が騒がしくなった。真歩はただ、うるさいな、と思っていた。冨田は真歩の撮った写真なんて見たことないはずだ。それなのにこういうことを言う。冨田は確かに他の女子に比べて大人っぽいしきれいだとは思うけれど、被写体にはしたくない。あの大好きな空間におさめたいとは、思わない。

「まあいろいろあると思うけどがんばれやー。俺もがんばろー明日からも……」光彦は壁にかけられたスーツを見つめながらわかりやすく眉《まゆ》を下げた。「結局真歩はヌード写真係になったのかー？」凌馬はもう話の内容などどうでもいいらしい。るり姉に話せばよかった、と真歩は思った。兄ふたりに悩みごとを話して、どうにかなったためしがない。

もう話をしても無駄だと思ったので、真歩は宿題をやろうと机に向かった。ライトスタンドのそばに並んで置かれている、黒いランドセルと黒いカメラに目をやる。このカメラは伯父《おじ》からもらった。

父の葬式があった日、伯父の部屋であのカメラを指さして、欲しい、と言った。

◇

ビーフシチューが出てくるのを待っている間、ハヤシは「すげえーおしゃれー」「お店、【星やどり】っていうんだ?」「こっから空が見えるんだな!」一人で話し続けながら床に届いていない足をぶらぶらとさせていた。今日もブラウンおじいちゃんがブランコの席に座っていたが、真歩とハヤシが店に入るなり「ブランコ、座る?」とその席を譲ってくれた。ハヤシが無邪気に「ありがとうございます!」と頭を下げるとなりで、ブラウンおじいちゃんの声を初めて聞いた、と真歩は少しびっくりしていた。

「真歩、お友達?」

こんにちは、とエプロンのようなロングスカートを穿《は》いたるりがハヤシに微笑みかける。今日もつやつやの黒髪がきれいだ。「え、早坂くんのお姉ちゃん？」「うん」「きれいですね！」「ありがとね」「大声出すなって」どうやら、店内でイライラしているのは真歩だけのようだった。母もるりもブラウンおじいちゃんも、愛《いと》しそうに目を細めてハヤシのことを見ている。伯父さんがいたら絶対「うるせえ」って顔してただろうな、と心の中で真歩は思ったけれど、自分にはこういうふうに、ブラウンおじいちゃんに席を譲ってもらえるような愛嬌《あいきょう》はない、とも思った。

授業が終わってからずっと歩き続けていたので、真歩は腹ペコだった。ビーフシチューまだかな、と思った途端、ハヤシが腹をぐうと鳴らす。ハヤシはテーブルの端に置かれたカメラを見てうずうずしている。さっきまで撮っていた写真を見たいのだろう。

花びらで作った色水のようにゆらめく夏の夕空を見て、真歩は背筋をぴんと伸ばした。校門で冨田たちと別れたときはまだ昼間みたいだったのに、もうすぐ、小窓からは星が見えるはずだ。

授業が終わると、文集委員は校門に集合した。

「ふう。そろったわね」

冨田とシホチャンは同じ色のピン留めを同じ位置にしている。

「じゃ、あたしたちで学校の写真を撮ることにするね」

裏の花畑とかも撮ろうねっ、とシホチャンがハンドタオルを振りまわす。そのタオルも冨田とおそろいみたいだ。

「だから、早坂くんたちは町の写真をお願いね」

冨田はそう言って、ね、と首を少し傾けた。冨田はランドセルが似合わない。リコーダーも、給食袋も、グラウンドの土で汚れた靴ひもも似合わない。

学級会での話し合いではシホチャンの名前しか出さなかったくせに、今では担任の先生から借りたデジタルカメラを片手に四人の女子を引き連れている。いつも窓際で集まって一緒に騒いでいる女子たちだ。きっと、この五人でいろんな写真を撮り、卒業文集を自分たち仲良しグループのものみたいにするつもりなんだろう。

「じゃあ僕たちは暗くなる前に撮ってくるから」

真歩がそう言って女子たちにくるりと背を向けると、背後で冨田の声が聞こえた。

「楽しい写真を撮ってね、早坂くん」

学級会で文集委員に決まった二日後、早速担任から「夏休みまでに写真撮っちゃってね」と、デジタルカメラがひとつ渡された。ハヤシや冨田たちといっしょに写真を撮る気はなかったので、真歩は先生に「自分のカメラで撮りますから」と伝えた。すると自然に、真歩とハヤシ、冨田と女子たち、というふうに分かれることになった。

そしてその放課後、早速写真を撮りに行こうと冨田が言いだした。「こういうことは早めに動いたほうがいいもんね」冨田の意見に反論する女子はひとりもいない。

　校門を出てすぐ、女子たちと分かれる。ハヤシはずっと、サッカーボールのようにプールバッグを蹴《け》りながら歩いていた。ばふん、ばふん、とすねにプールバッグがぶつかる音は、不思議とどの景色にも似合った。冨田はプールに入らない。なぜか、絶対に入らない。

　早坂くんはどこに住んでる？　いつも一人で何読んでるの？　いつから写真好き？　今度一緒にサッカーしない？　二人で町中を歩きまわっているその間じゅう、ハヤシは一人でしゃべっていた。真歩はほとんどの質問を無視しながら、シャッターを押し続けた。小学校を出て駅へ続く道、孝史さんが働いている交番の白い壁が夕陽のオレンジに染まっていくところ、かつら屋のおっちゃんが今日も元気だった商店街の出口、ストリートミュージシャンが声を張り上げている連ヶ浜駅の南口、そこだけいつまでも夏のような海沿いの大通り、山へ向かうくねくねの坂道に咲くあじさい。

　それいい！　そこ撮るの？　おれも写ろっか！　真歩がシャッターを押すたびに、ハヤシは声を上げた。とにかくうるさかったけれど、自分がシャッターを押すたびに反応があるというのは新鮮だった。

　いつのまにか暗くなっていた。町じゅうを歩き回ったので、足が痛い。ばふん、ばふん、という音はまだ聞こえている。

「……ハヤシくん」

「ん？」

「僕の家、っていうか、店で、ごはん食べよう。お腹空《す》いたんじゃない」

真歩がそう言うと、ハヤシは顔いっぱいに笑った。「そんなにお腹空いてた？」と言いながら真歩が歩き出すと、ハヤシの声が後ろから飛んできた。

「初めて早坂くんから話しかけてくれたな！」


二人分のビーフシチューが運ばれてくると、ハヤシは椅子をがたがたさせて喜んだ。

「うまそー！」とひまわりが咲いたみたいに笑うので、母も嬉《うれ》しそうだ。

銀色のスプーンをゆっくりとシチューの中に沈める。深みのある甘い香りが鼻先まで届くと、口の底からじんわりと唾液《だえき》が出てきた。ハヤシはスプーンいっぱいに掬《すく》ったシチューをふうふうと冷ましている。ニンジンを避けたのを真歩は見逃さなかった。

「こんなにおいしそうなビーフシチューはじめて」ハヤシが何か言うたびに、るりは「ほんとに？」と楽しそうに反応してみせる。

「早坂くん、毎日こんなにおいしいもの食べてるの？」

「うん、まあ……」

「それなら、お腹を空かせるのだってしあわせだな」

　そう言って、ハヤシは大口を開けてぱくんとスプーンを口に入れた。スプーンごと食べてしまうんじゃないかと思うくらいだった。吸いこむみたいにシチューをたいらげていくハヤシを見て、真歩は思う。写真を撮ってるとき、ハヤシはずっとうるさかったけれど、暑いとか、お腹が空いたとか、文句は一つも言わなかった。ずっと後ろをついてきてくれていた。

　星の形に切り取られた夜が、深く深く息をし始める。

「ちょっと貸して！」

　ぬっ、とハヤシの手が伸びてきて、真歩は我に返った。ハヤシはテーブルにあったカメラを手に取って、真歩が何か言う前にビーフシチューを食べている自分にレンズを向けた。

　カシャ
「よし撮れた」

「……何で自分で自分を撮ってるんだよ」

「これもアルバムに使おうぜい」

　満足そうにまだレンズを覗《のぞ》いているハヤシに、「カメラ返して」と真歩は手を伸ばす。

「それに、うちのシチューなんて文集に載せられないだろ。個人的すぎるよ」

「こんなにおいしいのに？」

「そういう問題じゃないよ」

るりも母も、ブラウンおじいちゃんもクスクス笑っている。真歩は自分の顔が赤くなるのを感じた。

ハヤシはすぐに自分の撮った写真を見たがったけれど、「これデジカメじゃないから無理」と真歩はカメラを取り返した。しかし、早く見たい早く見たいー、とハヤシがあまりにごねるので、明日商店街にあるプリントショップに行くことになった。

撮った写真はすぐに見られなくたっていい。現像まで時間がかかってくれたほうがいい。

少しはドキドキさせてほしい。そこに何も写っていないということを、すぐに、目の前に突き付けないでほしい。

小窓の中で一つずつ、星が瞬き始めている。

ビーフシチューを食べると、頭の中でシャッターの音が鳴る。ごろごろとした大きなニンジンを齧《かじ》る、カシャ。形がなくなるほどに煮込まれたタマネギが、するりと喉《のど》を通っていく、カシャ。脂の部分をずっと弄《もてあそ》んでいたくなるような牛肉の塊を嚙む、カシャ。音が一つ鳴るごとに、記憶がぱちぱちと固まっていく。忘れないように、忘れないようにって、記憶の奥の奥にある笑顔が、声が、ぬくもりが、固まっていく気がする。

光彦兄ちゃんが言っていた。お父さんは、このビーフシチューが大好きだったって。

「早坂くん？」

パッと顔をあげると、口の周りをぐちゃぐちゃに汚したハヤシがまっすぐに真歩を見ていた。

「早坂くん、ビーフシチュー、嫌いなの？」

「え、何で？　好きだよ」

「今、すっごくマズそーな顔して食べてたよ」

こんなにおいしいのに、と、ハヤシはもうほとんど空になった皿の底を見せてきた。

「おいしいなら、おいしいって言えばいいのに。もっと楽しそうにしてるほうがいいよ、早坂くんは」

楽しい写真を撮ってね、早坂くん。

冨田の声が頭の中で蘇《よみがえ》って、一瞬、口の中が苦味でいっぱいになった気がした。

◇

次の日の放課後、文集委員四人で駅前の商店街にあるプリントショップに行った。

「あー！」

店の自動ドアがウィーンと開くなりシホチャンが高い声を出したけれど、すぐに冨田の顔色を窺《うかが》って黙った。だけどピンと伸ばしたひとさし指だけはそのまま残っている。その先には、見たことのあるような顎《あご》ひげと一つにまとめられた長髪姿の青年がいた。

「あ」

ワンテンポ遅れて、長髪の男も呆《ほう》けたように声を出した。そして、

「俺、この子覚えてる」

と、真歩のことを指さした。けれど、真歩はこの男が誰なのか分からない。どこかで見たような気がしないでもないが、具体的にどこの誰なのかは全くわからない。

連ヶ浜駅すぐの商店街、かつら屋の右隣の「プリントショップカワセ」は、真歩が生まれたときからこの場所にある。壁には成人式の写真がたくさん飾られており、よく見ると琴美と孝史のものもある。店の中はいつもゴチャゴチャしていて、あまり写

真そのものに愛着があるようには感じられない。今日は店主の川瀬《かわせ》さんいないのかな、と思っていると、長髪の男がめんどくさそうに、

「小学生たちが大人抜きでどうしたのー」

と、もう一度真歩のことをちらりと見た。

「これ、現像してください！」ハヤシが、ずいと両手を差し出す。右手には冨田のデジタルカメラ、左手には真歩の黒いカメラ。

「何、君たち写真部とか？」男はデジカメではなく真歩のカメラを手に取った。

「これ学校の？　小学生で一眼レフ持ってるわけないよな……珍しいモデルだし」

「あ、そのカメラ」

「おれたち、卒業文集の係なんです！」

ハヤシは真歩の言葉を覆い隠すようにして言った。そうかそうか、落ち着け少年、と男はハヤシの頭をぽんぽんとする。

「これでいいよね。じゃあたしたち帰るから」

現像できたら教えて。冨田はそう言って、行こ、とシホチャンの服を引っ張った。シホチャンは名残惜しそうに男のことを見たが、冨田に従って店を出ていく。冨田は今日もプールに入らなかった。シホチャンもそれに合わせるようにしてプールサイドに座っていた。ばしゃばしゃと水しぶきを遠くまで飛ばすハヤシのことを、冨田はい

つも日陰で体操座りをしながら、眉《まゆ》をひそめて見ている。

「あの子、きれいだな」

背の高い方、と男は付け加えた。

「……はあ」ハヤシが返事をしなかったので、真歩は息を吐くように答えた。「前撮ったときもそう思ったんだよな。他の子たちとはちょっと違ったっつーか」いくら近くで見てもこの男が誰なのかわからない。シホチャンは知っているみたいだったし、この男は僕のことを知っているみたいだ。

「小学生なのに、かわいいじゃなくて、きれいって言葉が似合うイメージ」

「はあ」

「モデルになる女の子って、小さいころからああいうオーラ持った子が多いんだよ」

「……きれいかもしれないけど、僕は撮りたくないです」

つい、言ってしまった。男が、お、という顔をしてこちらを見てくる。

「どうして撮りたくないと思ったの？」

「……被写体にはしたくない感じがします」

「君、写真好きなの？　このカメラ、君の？」

男はそう言って、デスクの上に置かれた黒いカメラを指さした。

「それ、早坂くんのだからあんまり触っちゃダメだよ。早坂くん、いっつもそれ学校に持ってきてるんだよ」

　途中で「ハヤシくん」と遮ったが、関係ないというふうにハヤシは「だからあんまり触っちゃダメ」と念を押した。男は、ふうんとつぶやいて真歩のことを見た。三日月みたいな目だ、と真歩は思った。

「何で一眼レフ使ってるの？」

「……伯父さんからもらったから」

「重いのにデジカメに換えないのは何で？　気に入ってるからじゃないの？」

「こっちだとシャッターにタイムラグがないですし、レンズを替えていろんな撮影ができるので」

「君、早坂真歩くんでしょ」

　え、と真歩は声を漏らした。

「名簿見ながら順番に撮ったから、名前も覚えてる」

　今度はハヤシが「あ！」と声を出した。

「おじさん、こないだ卒業アルバムの個人写真撮ってくれた人だ！」

　言われて気がついた。顎ひげに一つにまとめられた長髪。どこかで見たことあると思った。文集委員になってしまったあの学級会の前、卒業アルバムの個人写真を撮った。そのとき、シホチャンが「かっこいいー！」と騒いでいたカメラマンだ。

「少年のことも覚えてるよ。君は笑いすぎて何度か撮り直しだったな。そうだそうだハヤシだハヤシ。ハヤサカの次で、ハヤシ」

撮られるときはもっと落ち着こうな、と言ってから、男は真歩に向き直った。

「君、写真が好きなら、ちょっと一緒に外に出ないか」

「はい？」真歩は思わず変な声を出してしまう。

「いろいろ教えてあげるよ。今日は俺も撮りたい気分なんだ。ちょっと海でも撮らないか。ハヤシも一緒に行こう」

「はあ……」

返事をしかねている真歩を無視して、ハヤシは「よっしゃー！」と一人でやる気を出している。別にいいですけど、と答えかけたとき、ハヤシがプールバッグをぼふんと蹴《け》りながら言った。

「おじさん、どうして早坂くんのことは名前まで覚えてたの？」

早坂くんだけずるい、という間にも、ぼふん、ぼふん、とプールバッグがハヤシの足元で跳ねている。

「ああ」

男は靴のつま先をトントンとしながら真歩を見た。

「一人だけ、全く笑わなかったからね」

◇

あの日は雪が降っていた。小学二年生の冬だった。親戚《しんせき》が皆集まった葬式も告別式もよく覚えていないけれど、あの寒い雪の夜だけは、肌の冷たさもそのままに覚えている。だけど、あのときはその日起こったことの意味がよくわからなかった。

ただ、家族皆が泣いていた。いつもはエプロンを着てニコニコしている母さんも、いつもだらだらしている光彦兄ちゃんも、朝はメイクがうまくいかないと騒いでいたはる姉も、おいしい朝ごはんを作ってくれたるり姉も、昨日も宿題をしていなかった凌馬兄ちゃんも、皆の後ろに立っている孝史も。ただ一人、琴美だけはまっすぐに父のことを見つめていた。

何か、とても悲しいことが起きたんだ。それだけは分かった。四歳のころに入院してしまったので、真歩の記憶の中では、「お父さん」とは人生のほとんどを病院の中で暮らしている人だった。だから、真歩の中で父は「建築家」というイメージではない。病院の中で寝ている人。白くて、細くて、アゴから頬にかけてぶつぶつとひげが生えている人。そして、そうでありながらも、よく笑う人。いつ会いに行っても、鼻から管が伸びていても、楽しそうに笑う人。

だから、その日も何が起こったのかよくわからなかった。ただいつもと違うのは、お父さんの顔が見えないということだった。白い布がかけられていて、いつものやさしい笑顔が見えない。

目と鼻と口がなくなってすらりとした顔は、誰も足を踏み入れていない雪原のようだった。

皆が泣いていたので、真歩もつられて泣いた。家族が悲しい顔をしていると、自分も悲しい気持ちになる。

母さんは病室に残った。真歩は琴美と孝史に挟まれて、病院の真っ白な廊下を歩いた。ベージュのタートルネックを着た琴美は、いつもより歩幅が狭かった。パンプスが、かつ、かつ、と力無い足音をたてていた。前には見慣れた背中が四つ、並んでいた。「お兄ちゃん」真歩は小さく声を出した。どちらでもいい、振り向いてほしい。「お姉ちゃん」どちらかでいい、いつもみたいに笑って頭を撫《な》でてほしい。

真歩がいくらそう願っても誰も振り向かなかった。すぐそばに皆がいるのに、世界で一人ぼっちになってしまったみたいだった。

「皆、どうして泣いてるの」

真歩は、琴美と握る手にぎゅっと力を込めて言った。

「皆ね、どうしたらいいかわからないの……何で、どうして、って、みんな思ってるの」

　琴美は前を歩く四つの背中から目を離さない。

「琴姉は？　何で泣いてないの？」

　琴美は困ったような顔で孝史を見た。病院の廊下の空気はとても冷たくて、繋《つな》いでいる右のてのひらだけがあたたかかった。

「私もどうしたらいいのかわからないんだけど……でも、私たちは生きていかなくちゃいけないでしょ。しっかりしなくちゃいけないでしょ」

　真歩に言っているというよりは、まるで自分自身に言い聞かせているようだった。

「真歩くん」

　病院から出たところで、孝史が真歩の左手を握って傘を差してくれた。大粒の雪がぼとぼとと重そうに落ちてきて、傘に影をつくった。真歩は、病院には雪が似合うと思った。白の上に白が覆い被《かぶ》さって、苦しみとか悲しみとか、そういうものが隠れてしまう気がした。

「星則さん……お父さんはいなくなったわけじゃないんだよ」

　孝史の声は低くてやわらかい。孝史が何か話すたび、真歩の右手を握る琴美のてのひらに、ぐっと、力が入った。

「お父さんはこの町が大好きだったから。いっぱいこの町に家を作って、いろんな人に感謝されていたから。お父さんは、ずっとこの町にいるよ。これからもずーっとね、この町のどこかで今までみたいに生きてるんだよ」

そして、僕がその町をパトロールするんだからね、お父さんのために安全な町を守らないとね、と孝史は微笑んだ。

「お父さん、ずっとこの町にいるんだね！」真歩が声を弾ませてそう言うと、前を歩いていたるりがちらりとこちらに振り返った。

琴美の歩幅がどんどん小さくなっていく。雪の中で、四つの背中が遠くなっていく。

「お父さんは、皆がこれからも笑顔で生きていればまた会いに来てくれるんだよ。絶対そうだよ。今はいっぱい仕事して、疲れちゃっただけなんだ。真歩くんが毎日笑って過ごしていれば、また会えるよ」

琴美の足が止まった。

「ごめん、靴ひもほどけちゃった」

ちょっとごめん、と言って琴美はすっと身をかがめた。顔を下に向けて、背中を丸めていた。真歩は、寒いな、と思った。息が白い。

今になってわかることもある。琴美はパンプスを履いていた。だからあのとき、靴ひもがほどけるなんてことはありえなかった。

琴美はそのまま立ち上がらなかった。小さく体をたたんだまま、細かく肩を震わせていた。やがて孝史も身をかがめて、震える琴美の背中をゆっくりと何度も撫でていた。真歩は、琴美の黒髪に落ちては溶けていく雪の一粒一粒を見ていた。

ずっと見ていた。

★
★

海が、波を揺らしながら夕陽を溶かしていく。この町のオレンジが溶けきった海は、夜になるまでの短い時間を堂々とゆらめく。

「いい色だ、いい色。すげえいい写真が撮れそう」

そのカメラマンは大和《やまと》と名乗った。名字なのか名前なのか分からなかったが、真歩もハヤシも「大和さん」と呼ぶことにしたようだ。大和はハヤシのことを、少年、とか、ハヤシ、とか、小僧、とか呼んだが、真歩のことは早坂くんと呼んだ。「なぜか君には呼び捨てできないオーラがあるわ」と大和は鼻をかいている。

商店街から少し歩くと、浜電に沿った大きな通りがある。そして、その通りと浜電の線路の向こう側には、海がある。海がある、と言ってしまえばただそれだけだが、それだけでは表せない存在感で、そこには海がある。

砂浜に黒いランドセルが二つ並んでいる。それだけでいい写真が撮れそうだ。浜辺にはちらほらと人がいた。海というものを背景にすると、人間は急に脇役になる。どこからどうシャッターを切っても、それは海の写真になる。

ハヤシはプールバッグからぐちゃぐちゃの水着を取り出した。「早坂くんも！」と言ったが、真歩は断った。砂にまみれながら、まだ濡《ぬ》れている水着を振りまわすハヤシに、大和は楽しそうにカメラを向けている。

「ホワイトバランスいじったりして撮ったことある？」

「花とかをアップで撮るときは露出補正っていうのをやってみなよ、花びらが硝子《ガラス》細工みたいに繊細に写るから」

「三分割法ってわかるか？　グリッド線を頭の中で引いて、その線を基準に写真の構図を考えることなんだけど……小学生には難しいかな」

　写真の話になると、大和は早口になった。そして大和が早口になっていくたび、真歩もずいずい身を乗り出しその話を聞いた。知っていること、知らないこと、知りたかったこと、真歩はうんうんと頷《うなず》きながら大和の話を聞いた。写真にはきっと何の興味もないはずのハヤシも、真歩の隣で楽しそうに頷いている。

「一人で撮るよりも、二人で撮る方が楽しいな、やっぱり」

　大和はそう言うと、おもちゃを与えられた赤ん坊のようにカメラを抱え、たくさんシャッターを切った。真歩もそれに続く。一秒ずつ色を変えていく海は最高の被写体のようだ。途中からハヤシがモデルになって、撮影大会のようにもなった。「ほらー！」「へーい！」ノリノリのハヤシがおもしろいのか、大和は爆笑しながら砂浜を転がるみたいにしてシャッターを切っている。

ハヤシはもともとそんなものを抱いていなかったかもしれないけれど、真歩もハヤシも、日が暮れるころには大和に対する警戒心をすっかりなくしていた。

海の中に落ちた夕陽が完全に溶けてしまうと、波はきちょうめんな画家の絵筆のように砂浜の上を行ったり来たりした。はだしになって三人でそこを歩いているとき、不意に大和が口を開いた。

「お前ら、何で仲良いの？」

「え？」

「いや、全然違うタイプだからさ。まあ小学生のころなんてそんなもんか」

「……別に仲がいいわけじゃないけど」真歩は足の親指のつめに乗っている小さな砂を見ながら言った。

「急にコイツに話しかけられて、文集委員のカメラ係にさせられて」

「おりゃー！」ハヤシは足の指で器用につまんだ砂を真歩にかけようとする。

「やめろって！」

「おりゃおりゃ」

「やーめーろっ、カメラにかかるだろ」

「だって、早坂くん教室で笑わないんだもん。楽しくなさそうなんだもん。だから声かけたんだよ」

「ハヤシはいっつも笑ってそうだもんな、どこでも」大和が自分の足元にレンズを向けた。カシャ。続いて、シャッターを切る音が一つ。

「早坂くん、もっと笑えばいいのに。笑ってれば楽しくなるよ」

笑ってれば楽しくなるよ。

カシャ、と、シャッターを切る音がまた一つ。そのたび、真歩の顔は下を向いていく。言葉を海の底に落とすように、真歩は下を向いたまま口を開いた。

「だって」

「だって？」大和がちゃかすように繰り返す。

「だって、笑ってたら、また、悲しい別れがくるんだ」

かなしいわかれ？外国の言葉をなぞるように、ハヤシが言った。大和はレンズから目を離した。両手でカメラを握ったまま、その場に立ち止まってしまった真歩のことを見ている。

「お父さん？」

真歩がこくんと頷くと、大和は何かを悟ったように「そうか」と言った。

「……毎日笑って過ごしてたら、また、お父さんに会えるって言われたんだ」

「だったらそれこそ、笑ってれば」

「ダメなんだ」

大和を遮ると、喉《のど》の奥から声を駆け上らせるように真歩は言った。

「また会えるってことは、また、別れがくるってことだから」

真歩は足元を見つめたまま、体を震わせている。

もう一度会えるということは、もう一度別れがくるということ。真歩の両足がゆっくりと、あたたかくてやわらかな砂の中に埋もれていく。

「あんなふうに、家族皆が泣いてる姿、僕、もう、二度と見たくない」

真歩の言葉をさらっていくように、静かな波が三人の足首の骨のあたりを撫《な》でていった。大和はもうシャッターを切らない。ハヤシはもう砂を飛ばさない。二人とも、ゆっくり、ゆっくり歩いている。

二人は絶対に、真歩のことを追い抜かさない。真歩の表情は誰にも見られていない。

「だから、笑わなかったの？　学校でも、楽しそうにしなかったの？」

ハヤシの言葉に、真歩は小さく頷いた。伝えなければいけない大切な言葉を落としてしまわないようにしているみたいだった。

「……じゃあ、写真が好きになったのは？　どうしてだ？」

黙ってしまった真歩に笑いかけるようにして、大和が言う。楽しい空気になると思ってそう訊《き》いたのだろう。

「写ってるかもしれないから」

真歩のかすかな声が、砂と一緒に足の甲を滑り落ちていく。

「この町にいっぱい家をつくったお父さんは、この町のどこかにいるって言ってたから」

人肌のようにあたたかい海の水が、三人の足首の辺りを撫でている。

「いろんな場所で写真を撮ってれば、どこかに写ってるかもしれないから……その写真をずっと持ってれば、もう、あんなふうに離れ離れになることもないって思って」

真歩の声も、瞳《ひとみ》も、震えている。

「写真しか、すがりつくものがなかったんだな」

大和が、真歩の頭の上に手を置いた。

「辛《つら》かったな」

真歩の右目から一粒、涙が真下に落ちた。

「お父さん」

その声はまるで、産声のようだった。

「何でいなくなったの、どこ行っちゃったの、家族皆を泣かせて、何で、ごめんって、言ってくれないの」

　それから先は、言葉にならなかった。真歩は声にならない声を絞り出していた。大和の大きなてのひらが、つむじの部分をあたためてくれている。

「おれ、早坂くんとの写真ほしい。ちゃんと笑ってるヤツ。大和さん、撮ってよね」

　ぴちゃぴちゃと足で海水を弄《もてあそ》ぶハヤシに、おう、と大和は頷いた。だけど今日は無理かな、とちょっと笑いながら。

「おれとのツーショット、文集に載っけてね」

　ハヤシの声を丸めた背中で受け止めながら、もう一粒も涙が海に落ちないように、真歩はぎゅっと顔をしかめていた。

◇

　写真の中でお父さんは笑っていた。

　写真の中でしか、お父さんは笑っていなかった。

　色んな人が黒い服を着ている。お父さんは白い棚に飾られている写真の中と、白い箱の中にいる。ちょっとだけ見たことのある親戚《しんせき》もいるし、知らない人もいっぱいいる。お母さんは少し疲れた顔で色んな人に挨拶《あいさつ》をしていて、その隣には背筋をピンと伸ばした琴美が立っている。

寒い。足が痛い。皆、声が小さい。

琴美と光彦は式場に残って、真歩、凌馬、小春、るりの四人は伯父の運転する車で祖母の家まで移動した。一階にある大広間、その真ん中に置かれた丸いテーブルを皆で囲む。誰も何も話さない。

「……兄ちゃん」

真歩は助けを求めるように凌馬を見た。いつもツンツンに立たせている髪の毛が、その日はぺったりとしていた。いつもなら琴美に頭を叩《たた》かれるまでわあわあとうるさくしているのに、そのときは真歩の呼びかけに力無く微笑んだだけだった。

雪は降っていないのに、外の世界は真っ白に見える。誰も手をつけていない白ではなくて、もうどうにもならなくなった色んなものを無理やり隠しているような白。

お父さんが笑っている写真の背景が、真っ白だったからそう見えるのかな。

真歩はひとり、ひっそりと立ち上がった。伯父の部屋に行きたかった。「真歩、トイレ？」るりの声にうなずいて、真歩はひとり足音を殺して階段を上る。傾斜が急なこの家の階段は、どこに続いているかわからない迷路の入り口のように見えた。

「伯父さん」

きし、と小さな音を立てながらドアを開けると、そこにはいつも通り机に向かっている伯父がいた。だけど、手は動いていない。

「お父さん、どこいっちゃったの」

この部屋のにおいに包まれていると、真歩は安心する。木の壁のにおい、本のにおい、煙草のにおい。誰にも訊けなかったことが、言葉にできる。

「もう、あの写真の中にしかいないの」

伯父はゆっくりとこちらに向き直った。

「伯父さん」

伯父はこちらを見ている。暖房のついていない伯父の部屋は、もちろん天井も壁もあるけれど、まるで外にいるみたいに寒かった。

写真の中のお父さんは、こっちを見ていた。いつもみたいに愛《いと》しそうに目を細めて、皆のことを見ていた。

「あのカメラ、ちょうだい」

真歩は、本棚の一番上に置かれていた黒いカメラを指さして言った。真歩の背では棚の上まで手が届かない。

「お父さんはもう、写真の中にしかいないんでしょ？」

だから、カメラをちょうだい。

そこで目が覚めた。

光彦も凌馬も両手両足を投げ出してぐっすりと眠っている。一瞬、寝坊したのかと思ったが、むしろいつもより早く起きたようだ。真歩は、もう一度眠る気にもならず、ランドセルとカメラを持って一階へと下りていった。朝のランドセルはどっしりと重い。階段を一段下りるたびに、さっき見た夢がずっしりずっしりと胸の底に落ちていく。

「いつにも増して早起きね」

卵が熱に負けていく音の合間から、琴美の声が聞こえた。

「って言ってもるりと母さんはもう出たけど」

「今日、琴姉休みなんだ」琴姉が一番早起きだよ、と真歩はランドセルを置く。

「うん。連休じゃなくて今日だけだけどね」

「孝史さんは休みじゃないの？」

「全然。休みが合ったことなんて数えるくらいしかないかな」

琴美は真歩に皿を差し出す。ベーコンとチーズの入ったスクランブルエッグと、トースト。食卓の真ん中に置かれたマーガリンとジャム、牛乳とグラスが四つ。

からっぽのグラスは朝陽を吸いこんで、この世に悲しいことなど何もないというような顔をしている。

真歩は食卓から目を逸《そ》らせないでいた。おいしそうな朝食が載った皿を、なぜか、受け取ることができない。

グラスは四つ。まだ寝ている兄ちゃん二人の分と、はる姉の分と、僕の分。それで四つ。

お父さんは牛乳が大好きだった。と、光彦兄ちゃんが言っていた。

「……真歩？」

「今日の朝練は休めないから起こしてって言ったのにいいい！」

クソ兄貴のエロ動画のせいで眠れなかったあああああ、という自らの雄叫《おたけ》びを追うようにして、凌馬が転がり落ちるように一階に下りてきた。「あああああゴメンそれ食っていいい⁉」琴美が持っていた皿をふんだくり、「ワックスワックス！」とぼさぼさの髪のまま叫んでいる。どれだけ遅刻しそうでも、髪の毛はちゃんとセットするみたいだ。

「ホントうるさいなあいつ……」

トーストを口の中に押し込む凌馬を一瞥《いちべつ》して、琴美は牛乳をグラスに注いだ。「ほら、これで飲み込め」「あんがと！」凌馬はそれを一気飲みして、手の甲で口を拭《ふ》きながら洗面所へ消えていく。

凌馬兄ちゃんは元気だ。いつも通りだ。

そうだ、凌馬兄ちゃんは元気なんだ。真歩は、まだ眠気の中にあるような意識で思った。頭の中では雪が降っている。遠ざかっていく四つの背中。そのうちの一つも振り返らなかったあの雪の日。

光彦兄ちゃんも、はる姉も、るり姉だって、もう怒っているような悲しんでいるような顔をしていない。琴姉はもう、靴ひもがほどけたなんて嘘をつかないし、伯父さんの部屋へ向かう階段だって、出口のない迷宮のようには見えない。

世界があんな風に見えることは、きっと、二度とない。

「真歩」

あんな日は、もう、来ない。

「あんな悲しみは、もう二度と訪れないのよ」

凌馬のいる洗面所のほうをちらりと見て、琴美は右耳に髪の毛をかけた。

「真歩、あんたは何も考えずに、楽しいときには笑って、嬉《うれ》しいときにも笑って、おいしいものを食べたときも、学校にいるときも、ほんとうに好きな写真を撮れたときも、笑って」

熟れた果実の皮を剝《む》く手つきのような、とてもやさしい声だった。

「そうしていればいい」

真歩、と、琴美はもう一度名前を呼んだ。

「もう誰も泣かないし、誰もいなくならない」

鏡の中の自分を見つめるかのように、琴美は真歩を見た。その視線は、見る、というよりも、貫く、に近かった。しばらくすると、琴美は、ふ、と力を抜いて笑った。

「……どうせ泣くなら、知らないカメラマンの前じゃなくて、私たち家族の前で泣きなさいよね」

琴姉どうして、と真歩が言いかけたとき、赤ん坊が泣き出すみたいに電話が鳴った。

◇

そういえば今日、ハヤシのあの高い声を聞いていない気がする。放課後、ハヤシを探して教室内をきょろきょろしていると、誰かが真歩の肩をトントンと叩いてきた。

「ハヤシくん探してるの？」

振り向くと、そこにはシホチャンがいた。シホチャンも同じようにきょろきょろしているけれど、それはハヤシを探しているからではなく、冨田にこの状況を見られていないか確かめているようだった。

「今朝、写真の現像ができたって電話がきたんだ。だからハヤシも誘って行こうかと思ったんだけど」

「それ、私、いっしょに行ってもいい？」

真歩の返事も待たずにシホチャンは、「早く行こ」と真歩を促す。

「……別にいいけど、ハヤシは？」

「とりあえず、学校出よ」

シホチャンに引っ張られるようにして学校の門をくぐると、ランドセルに隠れた背中がじんわりと汗ばんできた。夏の放課後の陽射しはとっても強い。

「前行った写真屋さんだから、商店街だよね？」

冨田がいないと、シホチャンはよくしゃべった。「あの人かっこよかったよね、カメラマンの人」「あつうい。アイス食べたいなあ」歩く速度もいつもと違うし、背筋もぴんとしているように見える。

ほんのりと潮のにおいがするあたりまで歩いてから、シホチャンは一度後ろを見た。そばに赤いランドセルも黒いランドセルも一つもないことを確認すると、シホチャンは言った。

「早坂くん、あのね。唯ちゃんから聞くよりもマシだと思うから私が言うね」

ユイチャン？　と繰り返してから、真歩は、冨田の下の名前が唯だったことを思い出す。

「ハヤシくん、もううちの学校来ないみたい」

歩いているシホチャンの声は、それでもはっきりと聞こえた。生々しい、海の命たちのにおいが鼻先をかすめていく。

「来ないって、どういうこと？」

知らない、と答える。そんなこと知らない。そんなこと、どうでもいい。

「唯ちゃんのお母さんが、ＰＴＡ会長やってるの、知ってる？」

「唯ちゃん、得意げに言ってたの。あのハヤシの家はよくない家だって。私はよくわからないんだけど、借金とかがあって、返せないから逃げてるんだって。家賃も払わないからどこにも長くいられなくて、この町にももういられなくなるはずだって。ママが言ってたから間違いないって」

楽しそうに言ってた。シホチャンは真歩の目を見ないでそう言った。

真歩は、ハヤシがいつ転校してきたかを覚えていなかった。

それはきっと、始業式とか、そういう区切りのいい日に転校してきたわけじゃないからだ。ある日、ぽんと、ハヤシは教室に現れた。

「今日、ハヤシくんいなかったでしょ？　だから、もしかして、って思って唯ちゃんに聞いたら、やっぱりそうみたい」

「だけど」

歩くスピードを速くして、シホチャンに追いつく。同じように、言葉も急いでしまう。

「今日はたまたま風邪で休んだだけかもしれないだろ。それに、冨田の話がデタラメだった可能性だってある」

自分に言い聞かせるように話しながら、真歩は思い出していた。大和とハヤシと海に行った日、ハヤシは言った。

おれ、早坂くんとの写真ほしい。ちゃんと笑ってるヤツ。
おれとのツーショット、文集に載っけてね。

どうして、載せようね、じゃなくて、載っけてね、なんだろう。あのとき、真歩は確かにそう思った。文集に載せる写真は委員みんなで選ぶ。

「デタラメじゃないの」

シホチャンは首を横に振りながら続けた。

「今日、朝からずっと、早坂くんの隣で唯ちゃんにやにや笑ってたの。いつ言ってやろう、どう言ってやろうって。唯ちゃん、そういう子なの。たった一人の友達がいなくなったら、早坂くん、もう本当に笑わなくなるかもねって、そんな顔見たくない？って、唯ちゃんそう言ってた。唯ちゃん、クラスの中で自分の友達じゃない子が基本的にキライなの。早坂くんはそれでも堂々としてるから、唯ちゃんむかついてたみたいで……」

楽しい写真を撮ってね、早坂くん。

初めてハヤシと二人で町の写真を撮りに行く直前、背後で受け取った冨田の声。あのときシホチャンは冨田の後ろで、今みたいに、萎《しぼ》んでしまった風船のような顔をしていたのかもしれない。

あのときハヤシは、どんな表情をしていたんだろう。ハヤシは知っていた。この文集が完成したものを、自分は見られないだろうということ。

シホチャンと少し離れたまま歩き続ける。シホチャンは、ごめんね、とか、怒ってる？　とか、十歩ほど進むたびに訊《き》いてきた。ごめんねって謝られるのも違うし、怒ってもいない。自分がどういう気持ちなのかわからない。だから真歩は何も言えなかった。

夕空と、潮のにおい。大好きなこの町。ビーフシチューと、だいすきなお母さんが働く喫茶店と、宇宙をも覗《のぞ》けそうな小窓と、魔法の図書室と、ふしぎの森と、撮りきることのできないほどの海と、好きなものが全てあるこの町。

それなのにどうして、いなくなってしまうんだろう。お父さんも、ハヤシも。

どうして、いなくなってしまう人は、何も言ってくれないんだろう。

「お、写真受け取り？」

早速来たか、と、後ろから頭をコツンと叩《たた》かれた。

「大和さん」

真歩は振り向きながらも、シホチャンがちょっと緊張したように前髪を直したのを見逃さなかった。

店に入るとすぐ、大和は写真の束を二つ、渡してくれた。真歩に渡したほうはたっぷりと分厚く、シホチャンに渡したほうがとても薄かった。「唯ちゃんがずっとカメラ持ってて……ちゃんと、撮ってなかったから」誰も何も言っていないのに、シホチャンは小声で言い訳をした。

「あと、これもあげる」

大和はそう言って、真歩に数枚の写真を渡した。

それは、あの日、海辺を歩いていた真歩とハヤシの後ろ姿を写したものだった。

あのときも今くらいの時間で、今くらいの夕空で、今くらいの温度で、今くらいお腹が空《す》いていた。

「今日な、コイツ来たんだよ。店」

不意に、大和が言った。

「え？」

「学校いいの？　って言ったら、あの高い声で、いいのいいの！　ってさ。よくねえだろーって思ったけど、母ちゃんと一緒だったしな」

母ちゃんと一緒。罪のない大和の声が、真歩の脳に容赦なく刺さる。

写真の中の真歩とハヤシは、背中を並べて、一歩ずつ歩いている。靴も靴下も脱ぎ捨てて、小さな足の裏を砂の中に埋もれさせながら、二つの背中が遠ざかっていこうとしている。

「写真、できてるなら見せてくれーって騒がれてさ」

あいつ今日もうるさかったなー、とぼやきながら、大和は真歩が撮った写真の束を差し出してきた。一枚ずつ、見ていく。どの景色も、あのときレンズを向けたものばかりだ。色、温度、におい、光。一枚ずつ見ていくたびに、頭の中でシャッター音がする。遠くに赤いランドセルがぽつぽつ見える通学路。カシャ。今にも手を繋《つな》いで混ざり合おうとしている薄いブルーの雲。カシャ。そして重なるようにして聞こえてくる音。ばふん、ばふん。プールバッグが足元で跳ねる音。

お父さんはいない。どこにも写っていない。そんなこと、ずっと前から分かっていた。

「すげえ嬉《うれ》しそうに見てたよ、写真。やっぱり早坂くんはすごい、早坂くんの撮る写真はきれいだって」

早坂くん教室で笑わないんだもん。

「だけど写真って、撮る側の人は写ることができないから」

楽しくなさそうなんだもん。

「おれが笑顔の早坂くんを撮ってあげたかったって」

だから声かけたんだよ。

最後の一枚。

大好きなこの町の景色でもない。きらきらひかる海でもない、あじさいの咲く山でもない。

魔法の料理のようなビーフシチューと、それをおいしそうに食べているハヤシの笑顔。

自分で自分にカメラを向けていたから、レンズがおかしな方向を向いてしまったみたいだ。顔の上半分が切れている。だけど、それでもわかる。それだけでもわかる。ハヤシが笑っていること。おいしいものを食べて、素直に、心のままに、笑っていること。

早坂くん、もっと笑えばいいのに。笑ってれば楽しくなるよ。

「お父さんみたいだ」

え？　シホチャンが隣で呟《つぶや》いた。大和が、何も言わずに真歩の頭の上にてのひらを置く。つむじのあたりが、ふんわりとあたたかくなった。

「早坂くん？」

シホチャンが心配そうに顔を覗きこんでくる。だけど真歩は動けない。

母さんの作ったビーフシチューを食べて、笑う。楽しいことがあれば、笑う。嬉しいことがあれば、笑う。その生き方は、お父さんみたいだ。ハヤシの生き方は、お父さんの生き方、お父さんが家族に望んだ生き方そのものだ。

「お父さん」

孝史さんの言った通りだ。お父さんはこの町に生き続けている。それは、残された僕らがビーフシチューを食べて笑うからだ。楽しいときも嬉しいときも、時には悲しいときにだって笑うからだ。そういうふうに生きていくからだ。お父さんはそういう人だった。病室でもいつも笑っている人だった。

「大和さん」

真歩はその写真を見つめたまま言った。

「これからも、カメラのこといろいろ教えてください」

大和は、おう、と頷《うなず》いた。真歩のつむじにてのひらを乗せたまま、教えてやるよ、と呟いた。

「僕、写真好きです。好きなんです」

口の周りをシチューで汚して、ハヤシは笑っている。この写真、文集に使おう、と真歩は思った。小さく切り取ってしまってもいいから、どんなに隅っこでもいいから。

二女　小春

◇

「……えい！」

「あひゃっ」

　つま先立ちをしていたので、背後からの膝《ひざ》かっくんの効果は絶大だった。その場に尻《しり》もちをついた小春は慌てて後ろに振り返る。

「ふざけんな！　誰！　凌馬!?」

「いやーびっくりした、パンツ見えそうだったぜ。ていうかはる姉なにしてんの？　ダイエット？」

「あたしが何かしてたら全部ダイエットかよ……」

　アイスキャンディーからぽとぽとと黄色い汁を垂らしながら、凌馬は「はる姉部活

も入ってなかったもんなー放課後彼氏と遊んでばっかだろー」とにやにやしている。

「うるさいなあ」「……あ、逆に運動してんのかそれは」「うるさい童貞！　溶けてるよバカ」小春がアイスを指さすと、凌馬は残り全てをぱくっと口に含んだ。

「何であんたがここにいんのよ、全っ然本とか似合ってませんけど」小春が結局元の棚に戻せなかった本をさりげなく背後に隠すと、「それはお互い様だよな」ぴしゃりと言われた。

「真歩がこの部屋にはどんな本でもあるっていうからさー……いててて」アイスの残りを一口で食べたから頭が痛くなったみたいだ。ハズレと書かれた木の棒に染み込んだパイナップルの風味を、凌馬は難しい顔をしたまままちうちうと吸っている。

「エッチな本はないに決まってんでしょー」

「えっ」

「どーせまた遠藤《えんどう》くんとかと貸し借りしてんでしょ？」

「はる姉何で知ってんのっ？」変態、と凌馬はザザザと後ずさる。変態はお前だ。

「屋上で男子が集まってやってることなんてそんなところでしょうよーほんっとくだらないんだからさー」

どうでもいいから早く出てけ早く出てけ早く出てけ。

「マジかよー、じゃあ新しいやつ兄ちゃんからパクろっと。内緒な！」

早く出てけ早く出てけ早く出てけ。くるりとドアのほうへ向きなおった凌馬に、小春は念を送る。そうそうそのままそのまま、早く出てけ早く出てけ早く出

「あ、はる姉」

いきなり凌馬が振り返ったので、小春の唇は「て」の形のまま止まってしまった。

「靴下のかかと、破れてるよ」

そんなじゃ彼氏に振られるぜ～、と凌馬はアイスの棒をくわえたまま部屋から出行った。彼女の一人もできたことないくせに、と思ったが、あいつは割と高校でも目立つしモテるらしい。でも、確かに顔は悪くないかもしれないけど、全体的に野生のサルっぽくてデリカシーとかそういうものがまるでない。デリカシーって日本語でいう何なのか、正直よくわかんないけど。

エロ本って男子はもちろん部屋のどっかに隠すモンだけど、あれって実際人に見られてこそのものなんじゃないのかな。もちろん家族とかじゃなくて、友達同士の話。男子ってエロを通じてアイデンティティとかを通じ合わせている気がする。女子もそうかもしんないけど。たぶん兄ちゃんもそうだったんだろうな、あいつはあいつでむっつりっぽいし。真歩もいつかそうなるのかな。真歩はそんなアイデンティティ持ってなそうだけどな、っていうかアイデンティティが日本語でいう何なのかも正直よくわかんないけど。

小春は背後に隠していた本を伯父《おじ》のデスクの上に置いた。後ろ手に持つには重くて、腕がぷるぷる震えてしまっていた。

男子たちみたいに、簡単に見せられるものならよかった。

精いっぱい伸ばして、その本を元の位置に戻す。代わりに隣のものを一冊、抜き取っていく。

今まで三級を借りていたから、今日からは二級。本棚の一番高いところ。きっとあたし以外の誰も、この棚には手を伸ばさないだろう。

窓から外を見下ろすと、新たにりんご色のアイスをゲットしたらしき凌馬が、ズボンからだらしなく出ている制服のカッターシャツの白を風になびかせながら自転車で走り去っていくのが見えた。血管の浮き出た小麦色の腕と、小さな口から飛び出たりんごの実の色と、しわだらけの白いカッターシャツと、夏の山の緑、空の青と雲の白。

この町の色。

その中にあたしたちはいる。あたしも、凌馬も、姉ちゃんも兄ちゃんもるりも真歩もお母さんも。

ふと視線を下に落とすと、そこにも小さな本棚がある。窓以外の壁は、全て本で埋め尽くされている。ここにはほんとにどんな本でもある。いつか真歩が言っていた「魔法の図書室」って言葉は、本当みたいだ。この棚は音楽関連の本が集められているようで、楽典の教科書に、ハノンやツェルニーなどの練習曲の楽譜、そしてピアノに限らず他の楽器の教本もある。

小春はそこからギターの教本を手に取った。背表紙がかすれてしまって、本の四隅もくしゃっとなってしまっている教本。パラパラとページをめくると、CとかAmとかアルペジオとか、よくわからない言葉が並んでいる。

こんなにもよくわからないものを、あの人はずっと追っている。こんなにも色とりどりに見える町の中で、あるときには真っ黒に、あるときには真っ白にしか見えないあの人。

◇

売上1位！　というポップが付いた棚が空っぽになっている。何が売られていたかと思えば、イチゴ味のホイップクリームが挟まれた細長いパン、らしい。六つにちぎれるように切れ目がついていて、見た目がふわふわの雲みたいなやつ。

だけど百四十七円って。高。

「ねえねえあたしまた浜辺で花火したーい！　皆で授業サボって超きもちかったーあれこそ日本の夏、あたしの夏！」

ゼロカロリーのオレンジティーかアップルティーかで迷っていたはずの舞《まい》が、いつのまにか小春の真後ろに立っている。

「マジふざけんなって、あのあとあたし、姉ちゃんに怒られたんだからね！」

「あの注意してきた警察官、小春の姉ちゃんの彼氏なんでしょっ？　やばくない？　マジあたし超タイプだったんだけど！　いつもなら注意とかされたらマジ腹立つけど、今回のはアリ！」

「舞声デカい。超迷惑。しかもあれ姉ちゃんの彼氏っていうか、夫？　つまりあたしのお兄さん？」

「マジ、風呂場《ふろば》でバッタリ希望！」舞はコンビニ中に響き渡るように喚《わめ》くと、財布を胸元でぎゅっと抱きしめた。つるつるの赤い財布。確か、去年の誕生日に父親が勝手に買ってきたって言ってた高級そうな財布。あたしの趣味とか何も知んないのに買ってくんだもんマジない。そう言いながら舞は期限の切れたポイントカードの整理をしていた。

「あれっ、小春は飲みものいいの？」「うん、あたしはいいや」小春は九十八円のクリームパンを、舞の持つ赤いカゴの中にポンと投げた。

「小春いっつもこれだねー。クリームパンそんな好きなの？　カロリーやばくね？」

うるさいなー、とぼやきながら、小春は百円玉を渡す。「これ九十八円だから、一緒に買っといてー」「へいへい」舞をレジに押しやってから、自動ドアの近くのラックにもたれるようにして雑誌を読んでいる千草《ちぐさ》に近付く。夏服のセーラーに学生カバン、金っぽい茶髪にピアス二つ、ポケットからストラップを出した携帯にコンビニで雑誌っていうのがしっくりきすぎている。

千草は髪の根元が黒くなるのが許せないと言って、一カ月に一回は美容院に行く。ブリーチはめんどくさいからって、ちゃんと美容院に行く。

高校に一番近いコンビニは、自転車で六、七分くらいのところにある。昼休みになると、購買に飽きた三年生や、ジャンプを読んだりエロ本を見てぎゃあぎゃあ騒ぐ男子たちでいっぱいになる。わざと午後の授業が始まるくらいまでコンビニの前に集まっていたり、そのまま海に行ってしまったり駅に行ってしまったり、ターミナルのような場所だ。

「もーマジかわいすぎるっしょこれ」

背後に小春がいることに気付いたのか、千草が少しこちらを振り向きながら言った。

「こんな足出せねーよこれモデルだから着れんだよー」夏だよ痩《や》せなきゃやべーよ、と思ったことをそのまま連発しながら、千草はじゃんじゃんページをめくっていく。

千草は、細長い爪がいつもきれいだ。毎週違う色をしていたり、デコレーションがついていたりする。今日はきれいなオレンジ色。よく熟されたオレンジの果汁をそのまま塗ったみたいな、底の見えない橙《だいだい》。

渋谷《しぶや》の文化村《ぶんかむら》通り沿いに有名なネイルサロンがあって、そこはモデルとかにも人気の店でねー、何か店員さんと仲良しになっちゃって。やっぱ高いんだけどママも一緒に行くから一緒にやってもらって、お金は出してもらって
「ほら小春」

トントン、と肩を叩《たた》かれて、小春は我に返る。

「ここのスナップページ、二組の吉本《よしもと》たちが前言ってたやつだよ、原宿《はらじゆく》遊びに行ったら撮られちゃったーとか言って」

雑誌のカラーページは、コンビニの蛍光灯の白い光をつるりと滑らせる。

「ありえねー吉本プラダのバッグ持ってるよ！　セレブ女子高生だって皮下脂肪やばいくせに！」

えーどれどれ見せて？　やばっまじで吉本たちじゃん！　髪とか巻いてうぜー！

小春が身を乗り出したあたりで、会計を終えた舞が「なになにー！」と会話に入ってくる。吉本だー！　という舞の黄色い声に、成人コーナーでけらけら笑っていた男子たちが一瞬こっちを見た。

だけどそんなの怖くない。後輩の男子たちなんて、あたしたちに何も言ってこない。あたしたちに何か言ってくる人は、この学校に一人もいない。

雑誌を置いて三人でコンビニを出る。むき出しの腕とふくらはぎ、サンダルから覗《のぞ》く足の甲がひんやりと冷えているのがわかる。夏は靴下なんか履かない。おっきなひまわりのついたサンダルと、カバンの中に放り込んだ靴下でじゅうぶん。先生に何か言われたとしても、あたしたちは逃げ切れるから。

連ヶ浜の夏は暑い。太陽の赤い熱がそのまま町を揺らしているみたいに、コンクリートの上を逃げ水が流れていく。「チャリのサドルやばいって！」「意味わかんねー尻《しり》溶ける！」放った声が、高い高い青空にぶつかってまた落ちてくる。制服を着て、靴下を脱いで、隣には舞と千草がいて、時々授業を抜け出して浜辺で花火をして、それを孝史くんに見つかって。大丈夫、それだけであたしは無敵になれる。

節約知らずの買いものに、色ムラのない髪の毛、輝くつめ。バイト禁止のこの高校で、舞も千草も、欲しいものは全て手に入れている。

小春はカバンから自転車の鍵《かぎ》を取りだした。三人お揃いで鍵につけている、羽根の形のキーホルダー。銀の部分が太陽の光を強く反射した。

カバンが重い。いつもより本一冊分だけ重い。

「小春、ちょっと」

自分と全く同じ声がした。さっさとガッコ戻んべー、とすでにペダルにサンダルを置いていた千草が動きを止める。

「るり、どしたのよ」

「史郎伯父《おじ》さんが」

小春の声を聞くのを待たずして、るりは話し出す。

「二級の本、順番待ちがあるから早く返せって。私に言ってきた」

「え?」何でるりに? と思ったとき、てのひらの力が抜けた。鍵がコンクリートの上に落ちて、カン、と音がした。

「私おばあちゃんに会いに行ったんだけど、そのとき私服だったたし、伯父さん遠くにいたたし、たぶん、見間違えたんだと思う」

それだけ、と言うと、るりはめがねをかけた友達を連れてコンビニへ入っていってしまった。小春は光のかけらみたいな鍵を拾って、鍵穴に差し込む。「早くー小春ー暑いー」舞の甘い声が頭の上からべっとりと降ってきた。

たぶん、見間違えたんだと思う。

同じ顔、同じ声。きっと、思っていることも同じ。

「ごめんごめーん!」

小春は体に力を入れて立ち上がると、カバンを自転車のかごの中に放り込んだ。カバンの中に入っている本の角がかごにぶつかって、がつんと跳ねた。

自転車の色とコンビニの光は白。今日の千草の爪はオレンジ。舞の財布は赤。あたしの顔が映ってしまいそうなほどぴかぴかの赤。自転車の鍵は銀色。世界で一番美しいもののかけらみたいな、銀色。千草の肩まである髪の毛は茶色。舞のふわふわに巻かれている髪の毛は栗色。るりの長い長いスカートは紺。学校指定の靴は白。

前できゃっきゃと会話をしている千草と舞の背中を追いかけながら、道路の向こう側に広がる海を見た。陽射しを編み込むようにして波がひとつずつ揺れている。あれは何ていう色だろう。わかんない。わかんないけど、とてもきれいな色。

二人の後ろ姿は、たまに透けてしまって、その向こう側の景色が見える。二人の後ろ姿は、色を失くすときがある。

るりには、考えていることを全て見抜かれている気がする。きっと、同じものを見て、同じことを感じて、同じ思いを抱いている。いくら外見や話し方、趣味、周りにいる友達をかえても、それからは逃げられない。

「つーか、マジ、似てる！　小春と妹！　中身は全っ然違うけどー」

前から千草の声が流れてきた。

「やばくね、早坂るりっていっつも順位表トップじゃん！　ありえねー無理ー！　つうかお前ほんとに同じ血流れてんのかよー！」

うるさーい！　という小春の声が届いたかはわからない。海風が容赦なく三人の髪の毛をがさがさと乱していく。

「あたしだってるりくらい勉強すればあの成績になれるってことじゃん？」

「うそつけニセモノ！」

「でもほんとスッピンだと絶対見分けつかない！　小春化粧落としたらまさにさっきの顔だよねー」

　風に乗ってひゅんと飛んできた舞の高い声が、小春の鼻先にぶつかって真っ二つに割れた。

　舞も千草も、一度、私が隠れてあのコンビニでバイトをしていたことを知らない。高校名を隠して土日だけ働こう、と思っていたけれど、やめなよ、と言われた。小春がバイト禁止破って学校に怒られるのはお母さんなんだよ。だからやめなよ、と、るりに言われた。

　舞と千草にはバイトのことを相談しなかった。何カッコ悪いことしてんの小春ー、って、楽しそうに笑う二人が想像できるから。

◇

　店の前で、光彦が呆《ほう》けたように突っ立っている。

　小春がすぐそばで自転車を止めてやっと、光彦はこちらに気が付いた。スーツ姿で

「おっ小春かよっ」と慌てている姿が、我が兄ながらダサい。

「何してんのよ。入れば？　暑いじゃん」汗ばんだ背中に、制服のシャツがはりついてしまっているのがわかる。

「小春こそ何してんの？　ダイエット？」

「……うちの男共はほんとに……」

わざとらしく大きくため息をついてはじめて、小春は店の中が真っ暗なことに気付いた。電気がついていない。誰もいない。入り口のドアにかけられた木彫りのプレートだけが、さみしそうに小さく揺れている。

誠に勝手ながら、本日はお休みさせていただきます。

「え、今日休み？　何で？　お母さん何か言ってたっけ？」

「いや、俺も何も聞いてねえからさ……るりが母ちゃんに今日は手伝いに行けないって言ってたのは見たけど。それだからって店休まねえよな」

光彦が分かりやすく頭をひねっている。「俺七時から家庭教師なんだよな……腹減ったなあ……」誰も何も訊いていないのにぶつぶつと喋《しゃべ》る兄の姿を見て、いつまで経ってもスーツが似合わないな、と思ってしまう。

今日が十二日だからだろうか。いや、でも、それだからって、お母さんはこの日に店を休んだことはない。

小春は、ふう、と一つ大きく息をすると、もう一度、自転車のサドルにまたがった。

「え、行っちゃうの？」

光彦が不安そうにこちらを見てくる。これが長男かあ、と小春はぼんやりと思う。

「兄貴もどっかでご飯食べればいいじゃん。あたし今日はあきらめるし」

「お前、今日も彼氏にビーフシチュー持ってくつもりだったの？」

駅前のストリートミュージシャンの？　光彦にニヤリと笑われて、小春は、背中に氷の棒を差し込まれたような気持ちになる。

「うるさいな、兄貴こそ早く彼女つくんなよ。あと凌馬が勝手にエロ本借りてくって」

「なにーっ！　どのやつだ！」急に大声をあげた光彦に背を向けて、小春は自転車をこいだ。ぐんぐんと上半身を前傾させていく。

彼氏、か。

自転車の黒いサドルは、夏の夕陽の着地点になる。サドルそのものが熱を発しているかのように、じんわりとあたたかい。

商店街を抜けて、連ヶ浜駅の南口に近づいてくると、心をひっかくようなギターの音が聞こえてきた。いつもの音に、いつもの声。そばには大きめのヘルメット付きのバイク。今日もやはり、歌を聴いている人は少ない。佑介《ゆうすけ》の抱えているギターから、色とりどりの音符が周りに飛び散っている。

　佑介は小春の姿を見つけると、少しだけ目を大きく開いて、すぐに目線を戻した。小春は駅の駐輪場に自転車を止めると、いつものように膝《ひざ》の上にカバンを置いて、傍のベンチに座った。

　佑介は駅の南口にいる。両目を隠してしまうほどの前髪を深みどりのヘアバンドで押さえて、アコースティックギターをかき鳴らしながら自作の曲を歌っている。

「今日もやってるな」

　ベンチの後ろから聞き慣れた声がして、小春は振り向いた。

「おとといかな、五、六人くらい立ち止まってた。最近の新記録かな。俺も二曲くらい聴いちゃったもん」

「孝史くん、花火のこと琴姉にチクったでしょ」

　小春はめがね越しに孝史の目を睨《にら》んだ。サドルが少し低めの自転車を引いている孝史は、「えっ」と一歩退《ひ》く。孝史はとてもやさしい顔立ちをしているが、肩幅が広いので警察の服装がよく似合う。

「琴姉には内緒ねって言ったのにー！　怒られたじゃん」

「俺は小春が学校サボって花火してたなんて言ってないよ。小春はたとえ授業中でも友達と元気よく遊んで楽しそうだねって言ったんだ」

「どういうこと？　って聞かれたから、真っ昼間からわいわいと浜辺で花火ぶっ放してたって答えた」

「へっぽこポリス！」

「へっぽこって口に出して言うヤツ初めて見たよ」

じゃな、と言って帽子を直すと、孝史は自転車をのろのろとこいでいく。その広い後ろ姿を見ていると、浜辺で花火を注意されたとき、舞が孝史のことをかっこいいかっこいいと騒いでいたことを思い出した。かっこいいかもしれないけど、あたしのタイプではないな、と小春は思う。体つきのがっしりした男を見るといつも騒ぐ舞は、ただ筋肉が好きなだけなんだと思う。

多分、連ヶ浜駅の周辺はストリートライブをしてもいい場所ではない。でも孝史は何も言わない。「でもあれだぞ、何かクレームが出たらすぐやめてもらうからな」そう言いながらも、たまに、自転車を止めて佑介の歌を聴いたりしている。

一番上までボタンを留めたシャツから出ている長い首。肩甲骨がぽっこりと出た背中。佑介の細い体からこぼれでる歌声に決して迫力はないけれど、それはあたためたミルクのようにゆっくり、しっとりと聴く者の体に浸透していく。

白いピックを持つ骨ばった右手と、長い指が器用に動いてコードを押さえている左手。コードが変わるたびに忙《せわ》しく指が動いて、薬指のシルバーリングがちらりと光る。

高校のふたつ先輩だった佑介は、今は都内にある私立の音大の二年生だ。軽音楽部で部長をやっていた佑介とまだ高校一年生だった小春は、当時佑介の友人と付き合っていた千草を通じて知り合い、佑介が大学に進学してから付き合い始めた。佑介がプロの歌手を目指しているという話を聞いてすぐに、小春は佑介に告白した。

佑介は作曲科に所属している。バンドは組まずに、一人で曲を作り、歌詞を書いている。ギター一本で生きていけるようなシンガーソングライターになるのが夢だと、高校生のころから言っていた。

ふう、と大きな息をひとつ吐いて、小春はカバンから本とクリームパンを取りだす。本の重さでつぶれてしまったパンを一口齧《かじ》ると、不健康に甘いクリームが歯と歯の間を埋めた。この独特の甘みが鼻を抜けるとき、いつも耳の中では舞の声が蘇《よみがえ》る。

小春いっつもこれだねー。クリームパンそんな好きなの？　右の太ももに本の表紙を、左に裏表紙を乗せる。集中しよう。風がページをめくろうとするので、急いで右手で押さえる。

今日の客は二人か。開かれたギターケースの前に立ち止まっている中学生くらいの女子二人組を横目で確認しながら、小春は携帯を見た。午後六時過ぎ。これから人が増えることは、きっともうない。

そう思った途端、小春の目には、佑介のシルエットが白くかすんで見える。この世界からいなくなるみたいに、真っ白に見える。

佑介の声は何色だろう。耳に流れ込んできた音ひとつひとつが溶けて、頭の中に染み込んでいく。薄い水色？　違うな、何だろう、何ていうか、水色でも、光が差し込んだ海の底みたいな、知らない命が眠っていたりするような色。

深い深い海の底でかくれんぼをして、誰にも見つけてもらえないような色。

歌声が途切れて、「うまーい」「かっこいーー」という声とぱらぱらとした拍手が聞こえてきた。佑介は「ありがとうございます」と、ぺこりと頭を下げた。形のいい額に少ししわが寄っている。佑介が照れている証拠だ。

また、アコースティックギターの弦がやわらかく弾かれ始めたので、小春は目線を元に戻した。自分が飛ばされないための重しのように、太ももに置いてある大きなテキスト。

七月の午後六時は、いろんな種類の熟れた果実を混ぜたみたいな色をしている。風にめくられないようにページを押さえているつめは、うすいピンク。何の変哲もない、人のつめの色だ。

それが正しい。あんなにきれいなオレンジであることのほうが、おかしいんだ。

★
★
★

「ん？」

ギターを仕舞いながら、佑介は上目遣いで小春を見た。

「だから、今日はシチューないんだ。何か店閉まっててさー、だからあたしも腹ペコ」

「いいよいいよ、いつもタダで食えてんのがラッキーなんだしな。俺も今腹ペコ」

「今日もけっこう歌ってたもんね。私が来る前からも、お客さんあの二人だけ？」

使い古されたギターケースを持ち上げながら「あー、うん」と呟《つぶや》くと、佑介はケースを小春にまっすぐ差し出した。薄い筋肉のついた腕が、クリーム色のシャツの袖《そで》からにょきっと伸びている。

「それより、勉強はかどった？」佑介は、小春が抱えているテキストを指さす。

「あ、うん、それなりにね。それより、前から同じ曲ばっかりやってるよね。新曲つくってないの？」

「つくってはいるけど、その曲は内緒。とっておきの曲があるんだ」

ふうん、と、小春はテキストを鞄《かばん》の中にしまう。

「バイク、乗るっしょ」

佑介の低い声に、小春はうなずく。歌っているときはあんなにも高いところまで声が届くのに、普段の話し声は低い。

「この季節のバイク、きもちーんだよね。冬は寒すぎ」

「メット、きつめにしとけよ」

汗ばんだ佑介の胴体を両膝《りょうひざ》でしっかりと挟み、小春は佑介の肩に手を置いた。

「それにしても、何で店閉まってたんだろ……お母さん、何も言ってなかったのになー」

「小春」

「てかギター重いんだけどー」

「小春、今日、十二日だろ」

佑介の一言で、喉《のど》の中身をすっぽりと抜かれてしまったみたいに、小春は黙った。

「飯の前に、行く？」

低い声に、小春はこくんとうなずく。

「つかまってろよ」

佑介の低い声と共に、眠りから覚めたバイクが動き出した。小春は右耳を佑介の背中に当てて、薄い肩に置いていたてのひらを腰にまわした。ヘルメットからこぼれた髪の毛を、なまあたたかい風が弄《もてあそ》んでいる。

　小春が後ろに乗ったとき、佑介はバイクの速度を落とす。だから、目の前を流れていく連ヶ浜の町並みが小春にはよく見える。

　黄色い帽子と赤いランドセルの小学生たちが、母の待つ家へと帰っていく。青いソックスをはいたサッカー部の中学生たちが、じゃれあいながら歩いている。海から帰ってきたのだろう、上半身裸の青年がサーフボードを抱えて歩いている。バイクは様々なものを追い越しながら、商店街を抜けて海沿いの大通りに出た。浜電ががたがたと音をたてて、バイクを追い抜いていく。すると、目の前に海が現れた。潮の匂いの中を突っ切るようにして、バイクは進む。

　小春は毎朝、浜電に乗って高校へ行く。るりは毎朝、いくら汗をかいても自転車でこの大通りを渡って高校へ行く。小春は毎日、放課後は佑介に会ったりバイクの後ろに乗ったりする。るりは「星やどり」で母の手伝いをし、夜遅くまでラジオを聴きながら勉強をする。

　浜電の線路沿いの大通りを右に曲がり、祖母と伯父の住む家がある山のほうへとバイクは進む。道路が狭くなるため、佑介はさらにスピードを落とす。

　まだ明るい七月の町並みが、バイクを撫《な》でていくように流れていく。やがて赤信号に引っかかり、ファミレスに面した交差点でバイクは止まった。

信号が青に変わる直前、小春は、ハッとしたように目を見開いた。
「待って！　佑介、一回ファミレスの駐車場入って！」

◇

あじさいは梅雨の花というイメージがあるけれど、七月の下旬になっても、夏の空気を吸い込むようにして咲いているものもある。この小さな山にはあじさい小道と呼ばれる細い細い坂道があり、小春は幼いころ、祖母とるりの三人でよくその小道を散歩した。花びらが重なっているのは富士の滝、白色から深紅へと色を変えるのはクレナイ、氷のように透明感のあるのはアイスフォーゲル。あじさいにはいろんな色があり、いろんな形がある。小春とるりはあれがかわいいこれが好きだと言い合いながら、仲良く手を繋《つな》いで歩いた。あのときは目の上の高さにあったあじさいが、今では腰の位置で悠然と花びらを広げている。

この小道はバイクで一気に走ってしまわない。佑介はいつも、バイクを引いて小春の隣を歩いてくれる。この道幅の狭い坂道は、山の中腹にあるこの町のたったひとつの霊園に繋がっている。

遠くの方から、道を下ってくる人影がふたつある。身長差がかなりあるから、大人と子どもが並んで歩いているように見える。

「ん？　真歩？」

おーい、と確かめるように小春が手を振ると、大きな影の方が早くこちらに気付いた。「と、友達？」戸惑う大きな影に対して、「まさか、姉ですよ。ほら、いつも話してる双子の」と小さな影が冷静に答える。首から黒いカメラをぶら下げた小学生は、今日もランドセルが似合わない。

「何、あんたもお父さんのところ行ってたの？」

返事をする代わりに真歩がすかさずカメラを構えたので、小春は足を開いて両手でピースサインをした。「下品下品」後ろから佑介が低い声で呟く。

「うん。お参りしてきた。はる姉は何してるの？　ダイエット？」

「……あんた、兄貴どもに似てるところもあるのね」

小春が呆然《ぼうぜん》としていると、真歩の隣にいる男が一歩前に出た。

「こんにちは、双子のお姉ちゃんですよね。いつもお話は伺ってます」

隣はうわさの彼氏さんかな？　男は佑介を指さしてひょいと頭を下げた。長い髪を一つにまとめていて、顎《あご》ひげが生えている。佑介とは全く違うタイプの外見だ。

「はあ、こんにちはぁ……真歩、この人誰？　あんた一体いつも何のお話伺わせてんのよっ」「思いっきり指さすのやめてはる姉、恥ずかしいから」「小学生の弟に恥ずかしがられてるぞ小春……」私たち三人のやりとりを、その男性はニヤニヤしながら聞いている。第一印象はあまりよくない。

「この人、プロのカメラマンなんだ。最近よく遊んでもらってる」

遊んでもらってるぅ～？　と小春は顎をしゃくれさせたが、真歩は何も気にせず
「じゃ」とすれ違おうとするので、しゃくれた顎だけがその場に残ってしまった。この男の人はよくわかんないけど、真歩も、この場所に来ていたんだ。やっぱり十二日は、あたしたちにとって特別な意味がある。

そう思った途端、目の前に、さっきのファミレスの映像がフラッシュバックした。

「ねえ真歩」

ん？　とあどけない声を出して振り返った弟の目を見て、小春は思いとどまった。

小学生の弟に、あたしは何を話そうとしているんだ。

「……お父さん、元気そうだった？」

真歩は少しだけ何も言わずに小春を見つめたあと、ふっと表情筋を緩めた。

「もちろんだよ。霊園の写真も撮ったから、家帰ったら見せるね」

真歩は最近、表情がやわらかくなった気がする。何かあったのかな、彼女でもできたのかな、家に連れてきたら全力で邪魔してやろう。小春はそんなことを思いながら、あじさい小道を上っていく。

「……早いな、一ヵ月経つのって」

佑介の声に頷《うなず》くこともせず、小春は目を閉じている。

高校も、コンビニも、駅前も真夏だったのに、この山の霊園だけは季節に左右されていないみたいにひんやりとしている。行ったことはないけれど、天の上ってこんな感じなのかもしれない。

「早いね。もう七月十二日。あじさいの色も変わったし」

「そんなのわかんの？」訝《いぶか》しげな佑介の声。

「わかるって。色が変わると、景色が全然変わるじゃん」

「さすがだな。さっき見たけど、テキストも三級から二級になってたし」

気づいてたんだ、と言いながら、小春は小さな手を合わせた。

十二日。毎月、その日になったら、小春は必ずこの場所に来る。雨の日でも雪の日でも、徒歩でも自転車でもバイクでも、この町唯一の霊園に来る。

十二月十二日。父の命日。父が死んだのは、小春が中学二年生のときだった。あの夜は、雪の白と病院の白が重なって、世界がふりだしに戻ったように見えた。

墓石の前で手を合わせて、目を閉じる。消えたのは視界なのに、何も聴こえなくなったような気がするから不思議だ。頭の中で話しかける。

お父さん、また夏が来たよ。

佑介はいつも、何も言わずに待っていてくれる。月によって小春がそこに佇《たたず》んでいる時間は違うが、どれだけ長くても、佑介は何も言わない。今日は長くなりそうだ、と小春は思った。頭の中でさっきの映像がモノクロで蘇《よみがえ》ってくる。わざわざバイクを止めてもらって、網膜に焼き付けた映像。ファミレスの窓から見たモノクロの映像に色を付けていく。頭の中で、一つずつ。

お母さんの服、ベージュ。

二つ並んだカップの白、ミルクの白。

店の窓枠、茶色。

減っていないコーヒー、黒。

向かいに座っていた男の人のスーツ、濃いグレー。

シャツのえりくびの白、ピンで留められたネクタイの紫。

お母さんの左手の薬指には、銀。

少しだけ赤くなっている頬。

「……小春、大丈夫か？」

遠慮がちな佑介の声を、小春はてのひらで振り払った。

「大丈夫大丈夫、いつも待たせてごめんね」

小春はゆっくりと目を開く。待たせてるとかじゃなくて、と佑介が小春の肩を摑《つか》んだ。

穏やかな海面のように光る墓石の表面が、目の真ん中を刺激してくる。お父さんが、さっき見てしまった映像を消してくれようとしているみたいだ。

ごめんね、お父さん。あたし、細かい色までぬり絵ができるくらい、覚えちゃってるよ。

「佑介、大丈夫だよ」

今日は十二日なのに。お父さんが死んだ日なのに。

あじさいが閉じていく。この秘密の森みたいな山から、花びらの色が消えていく。

「あたしは大丈夫だから」

佑介にバイクを止めてもらって確かめた風景。お母さんは男の人といた。二人で、何か話しながらファミレスでコーヒーを飲んでいた。店を休んでまで、よりによって十二日という日に。

◇

父は、世界で一番、小春とるりを正確に見分けられる人だった。

髪型をお揃いにしても、服をお揃いにしても、お互いがお互いのまねをしても、父は絶対に間違えなかった。小さなころはそれが悔しくていっぱい入れ替わりのいたずらをしたけれど、どれも父には通じなかった。

まだ少女だったころの小春は、るりと隣どうしテーブルの上に顎をのっけて、父のノートを見るのが好きだった。小さい手で必死に色えんぴつを握って、二人でぐりぐりとノートを汚した。あたしはここに色を塗る、黄色、いや、オレンジがいいかな？はるが色塗るなら、わたしはまっすぐの線をぐにぐににする。もっとまるとか書くー。るりは絵がうまかった。直線しか描かない父とは違って、すらすらとペンを走らせて面白いデザインをいっぱい描いた。「でもね、それじゃ建築のデザインにはならないんだなあ」父はそう言っていたけれど、るりは気にせずノートに不思議なデザインを描き続けた。

一方小春の仕事は、父が直線だけで描く真っ白な家に色を付けていくことだった。ここが黄色の方がかわいい、ここは青の方が面白い。だったら形をこう変えて、と、父のノートを勝手にキャンバスにしていた。色を塗ると、世界が立体的になった。色を塗れば、ノートが華やかになって、しあわせな気持ちになって、父が頭を撫《な》でてくれた。仕事の邪魔はするな、と怒るときもあったけれど、そのあとに必ず、頭をぐしゃぐしゃと撫でながら言ってくれた。

二人は天才だな。るりがデザインをして、はるが色を塗る。最高のコンビだよ。

父のてのひらは、ぶかぶかの帽子みたいに大きかった。どっしりと重さを受け止めながら、小春は、自分はこのてのひらに守られて、包まれて生きているんだ、と感じた。

これからもそうして生きていくんだ、と思っていた。

真歩が母のお腹の中にいるとわかってすぐ、父はよく病院に行くようになった。産婦人科に行く母についていくのとは別に、仕事を終えた父は一人で病院へ通っていた。少しずつ少しずつ膨らんでいくお腹を抱えて、母は小春やるりに「心配ないのよ」と笑っていた。

思い出すと、瞼《まぶた》の中が滲《にじ》んでくる。あったかいもので、眼球が包まれる。

ある日、父は急に屋根の改装を始めた。天井を星型にくり抜きだしたのだ。

新しい喫茶店の名前は、「星やどり」だ。

星型の天窓を見上げながらそう言う父の目があまりに真剣だったので、誰も、何も言えなかった。ほんものの剣のように鋭い眼差《まなざ》しで、父は天窓の外を見つめていた。

できたばっかりの星型の天窓からは、銀色の月の光がこぼれおちてきた。

そのあと父は、「星やどり」の意味をわかりやすく説明してくれた。雨から身を守ることを雨やどりっていうだろう。ここは満天の星が落ちてこないようにする「星やどり」だ。小春もるりも、皆うんうんと頷いていたけれど、どうして急に店の名前を変えようと思ったのか、その理由は誰にもわからなかった。

あのとき、天窓を見つめる父の目は、少しだけ寂しそうだった。そして、そんな父を見つめる母の目は、その何倍も何倍も哀しそうだった。

閉じている目があったかい。

小春とるりが小学五年生の冬、父は入院した。真歩が生まれてからも父は病院に通い続けてはいたけれど、急な入院だった。母は、癌だと言った。凌馬はまだ小学三年生で、光彦は高校一年生、琴美は大学一年生だった。まだ小さかった真歩は、「がん？」と、擬音語のように話した。コウガンザイとかゼンシンテンイとか、そういう言葉の意味はよくわからなかったけれど、「が」と「ん」、そのたった二文字が作りだす音の響きは、小春にとってはあまりにも絶望的だった。

家に残された父のデザインノートに、小春は一枚ずつ色を塗った。そしてそれを見舞いのたびに渡した。父のベッドには色のついていないページもいっぱいあって、それはるりが持ってきていたものだった。るりも同じことをしていたのだと、小春はあとから知った。

父が描いたデザインに、色を塗る。きれいになる。面白くなる。幸せになる。何より、父が頭を撫でてくれる。小春はそれだけでじゅうぶんだった。

はるは天才だな。はるはすごいな。

星型の天窓。切り取られた小さな空。小春は、本当はあそこに色を塗りたかった。夜の一番深いところを絞った濃紺に、光が生まれる根元のような輝く金色をまぶす。

真っ白い病室で寝ている父に、小春は言った。

お父さん、あたし、お父さんの家に色をぬる人になりたいなあ。ここをこの色にして、この色にして、って、決める人。

ひげが少し伸びた父は、いつものように小春の頭にてのひらを乗せて、笑った。

はる、覚えておきなさい。大人になってたくさん勉強すればね、カラーコーディネーターっていう人になれるんだよ。ホテルやレストランに、色をつけるアドバイスができるんだ。

え！　あたしそれになる！　なれる？

たくさん勉強すれば、なれるよ。はるは大丈夫、絶対なれる。お父さんの子だから。はるは天才だから。

じゃあさ……じゃあさあ、
ん？

それになったら、あたし、お父さんの作った家に、色、ぬれる？　いつか、ぬれる？

「……小春？」

閉じていた瞼の間から、涙が滲み出ている。佑介が小春の身体の上を這《は》わせていた舌の動きを止める。

「ごめん……大丈夫」

「大丈夫じゃないだろ。泣いてる」

「ほんと大丈夫、嫌だからとかじゃなくて」

「……さっき見たこと？」

佑介はそう言うと、小春の上に乗るのをやめてベッドに寝転んだ。裸の肌同士、触れている部分だけがあったかい。涙の流れた細い筋の部分だけが、つめたい。

十二日は、お父さんのことを思い出してしまう。春でも夏でも秋でも、十二日だけはいつだってあの雪の降る冬の日だ。

「小春、ごめんな、なんか……こんな日に」

「佑介が謝ることじゃないよ」

小春は強くまばたきをした。

今は、佑介が真っ白に見える。暗いこの部屋の中で、佑介だけが真っ白に見える。佑介に背を向けて、涙で揺れる視界のまま、小春は真っ暗な部屋を見渡した。佑介の部屋はモノが少ない。使われていなそうな大きな学習机に、ギターケースが立てかけられている。大きな窓には緑のカーテン。この部屋でいつも曲を作るという佑介に、小春が選んであげたカーテンだ。

緑は、人間の生命力を強化し、そのオリジナリティを引き出す色。創作をするのに向いていると思った。だからこのカーテンを買った。

佑介が背中に触れてきた。小春は振り向かない。途中までしてしまったし、佑介はやっぱり最後までしたいのかもしれない。別の部屋では佑介の両親も眠っているはずなのに、この家には佑介以外誰もいないみたいに静かだ。

緑色のカーテンは、汚れ一つない。きっと、母親がマメに洗濯しているのだろう。ワンタッチで乾燥までできる、大きな大きな洗濯機で。

「終電、もうないな」

ずっと前に気付いていたことを、佑介は答え合わせをするように言った。ベッドの脇にあった携帯を見る。もう午前一時近い。そうだね、と答えた小春の声が、フローリングの床の上をつるつると滑った。

メールが二件。一件目、千草から。【そーいえば今日話した渋谷のネイルサロン、友達連れてくと安くなるから今度一緒いこー彼氏と最中だったらゴメーンおやすみーん】

もう一件。

【遅くなるなら連絡しなさい　母】

携帯をブラックアウトさせると、また部屋が暗くなった。

「……バイクで送る」

佑介はそう言って裸のまま起き上がった。部屋着のナイロンの短パンを穿《は》くと、何も着ていないときよりも裸の部分がむきだしに見える。「ありがと」小春も急いで制服を着た。なんとなく、二人とも何も言わなかった。

雑然とした部屋に転がっている、アコースティックギターと、コピーされた譜面と。歌を録音するための機器と、きれいなケースに収められたピック、買い置きされた弦。今は、佑介が真っ黒に見える。暗いこの部屋の闇以上に、佑介が真っ黒に見える。緑のカーテンを背景に、佑介は白にも黒にも色を変える。

いつのまにか十二日は終わっていた。

髪の毛を手櫛《てぐし》で整えて、カバンを持ちあげ肩にかけた。だけどすぐ、中に入っている本の重さで腕のあたりまでずり下がる。

「もう一時だ。ちょっと飛ばすか」

街灯の光がカーテンを貫いて、ほんのりと緑を帯びているように見える。

真っ白な壁、真っ白なカーテン、真っ白な布団、真っ白な服。あの真っ白な病室を最後に訪れた雪の日から、この目はいろんな色をつかまえるようになった。千草のオレンジのつめ。知らない男のグレーのスーツ。赤くなっていたお母さんの頬。つかまえたくない色までつかんで、もう、放さない。

◇

家が近づいてきたと思ったら、目の前にサッと人影が現れた。佑介がバイクのスピードを落とす。

「佑介、誰？」どうしたの、と顔を覗《のぞ》こうとすると、佑介はヘルメットを取ってぺこりと頭を下げた。

「すみません、こんな遅くまで」

「佑介くん、送ってくれてありがとう」

謝る佑介の向こう側から、鐘の音のように堂々とした声がした。

「小春、おかえり」

「琴姉？」

小春はバイクから降りながらヘルメットを取る。

「何してるの、明日《あした》仕事じゃないの？」

「仕事に決まってんでしょ。もう寝たいわよ私だって……だけど、あんたまだ帰ってこないし」

「……あたしのこと待ってたの？　こんなこと、初めてじゃないじゃん」

小春、と佑介が咎《とが》めるように小春の太ももを殴った。「言い方、考えろよ」初めてじゃない、ということに少し罪悪感を感じているようだ。「待ってたっていうか……」琴姉は何かを言おうとしている。そのわりにはタイミングよく現れたけど、と思っていると、家の電気が点《つ》いていることに気がついた。

誰かが起きている。きっと、お母さんだ。

胸の中を満たしている水のようなものが、ぶわっと、一気に沸騰した気がした。

「佑介ありがとう。琴姉も」

声に出してみてやっと、自分がこんなにも怒っているのだと分かった。このまま母に会ったらきっとひどい言葉をぶつけてしまうだろう。そう理解している冷静な部分がありながらも、小春はそのままの勢いでドアを開けようとした。

「待って！」

パシッと、小さな子どもを叱るみたいに、琴美が小春の手首を握った。

「……何？　帰りが遅くなったことなら謝るけど」

「違う、あのね小春」琴美にしては珍しく、言葉に迷っているようだ。手首を握るてのひらにはしっかり力が入っているが、目が頼りなく泳いでいる。

「あんたは今、誤解してる」

ごかい？　小春がひらがなで訊《き》き返すと、琴美は何かを決意したように眉《まゆ》を上げた。

「お母さんは、小春が思ってるような人じゃない。今日だって、小春が思ってるような理由であの男の人と会ってたわけじゃないんだよ」

え？　と、背後で佑介が声を漏らす。

「琴姉、あたしが何見たか知ってんの？　何で？　後つけてたの？」

「そんなわけないでしょう。とにかくあんたは誤解してる。それをちゃんと言いたくて」

「誤解なんかしてないよ！」

小春は思わず琴美の手を振り払った。「小春、聞きなさい！」琴美はまた小春の腕を摑《つか》もうとするが、小春はぶんと腕を振りまわしてそれを避《よ》けた。

「だって今日は十二日だったんだよ？　そんな日に店休んでまで、信じられない！」

思ったよりも大きな声が出て、午前一時の町がとても静かなことに気がついた。今日もこの町は星がきれいだ。そう思うと、目の奥がじゅんと熱くなった。

琴美を振り払うようにして小春はドアを開ける。

そこには、母が立っていた。

「お母さん」

今までの言葉ぜんぶ、聞こえていたのかもしれない。そう思うと、途端に、何もかもどうでもよくなった。今この場に佑介がいることも、琴美が何で今日のことを知っていたのかも、もうどうだっていい。

「お母さん、何してたの、今日」

「小春やめなさい」後ろから琴美の声がする。

「あたし見たよ。ファミレスに男の人といるところ。店休んでさ。兄貴だってビーフシチュー食べに来てたのに」

階段から、起きてしまったらしいタンクトップ姿の凌馬が降りてきた。不安そうな表情をしている。思ったより、自分の声は大きいみたいだ。そうはわかっているけれど、止まらない。

「小春、遅くなるなら連絡しなさい」

「今はそんなことどうでもいいじゃん！」

「人に心配かけてるのよ、どうでもよくないでしょう」

「話逸《そ》らさないでよ！」

落ち着いた母の声を聞いたらまた、じゅん、と熱くなった。目の奥と、胸の中と、どうしてもいうことを聞いてくれない心の奥底、その全部が一度に熱くなった。

「誰なの!? あの男の人！」

改めて言葉にすると、目の前に蘇《よみがえ》る。スクリーンに映し出されるように、夕方に見たそのままに蘇る。

「何でよりによって今日なの？　何でこんな日に男の人と会うの⁉」

濃いグレーのスーツ。きれいに結ばれたネクタイの紫。お父さんがほめてくれたこの目はもう、色を捉《とら》えて放さない。男の太い首を包むシャツの白。白。白。白。

「あたしは今日お父さんのとこに会いに行ってきた！　その途中で見たんだよ！　あたしの気持ち分かる？」

お父さんの好きだった牛乳の白。病院のベッドの白。雪の白。蘇る。お父さんのデザインノートの白。その余白をあたしが塗る。好きな色で塗る。塗る。

「ねえ、あたしの気持ち分かる？」

塗る。塗る。塗る。千草はつめをオレンジ色に塗る。そーいえば今日話した渋谷のネイルサロン、友達連れてくと安くなるから今度一緒いこー。

「あたしだって……あたしだって、ほんとは千草みたいにつめだってかわいくしたいよ！」

こんなことを言ってもどうにもならないことは分かっている。悪いのは母でないことも、何もかも分かっている。だけど止まらない。ギリギリの部分で保たれていた何かが、こんなにも簡単に壊れていくとは知らなかった。蘇る。蘇る。

小春いっつもこれだねー。クリームパンそんな好きなの？　カロリーやばくね？

「あたしは別にクリームパンが好きなわけじゃない！　だけど」

母が、小春の肩に手を置いた。

「だけど、そんなことにお金をかけるわけにはいかないから」

そして、小春をぐっと引きよせた。

言ってしまった、と小春は思った。こんなことを言うつもりはなかった。心が逆さまになって、中身が全部飛び出してしまった。母の肩越しに、凌馬がぱたぱたと足音をたてて階段を上っていくのが見えた。母の肩に額を預けると、むせかえるほどの思いが自分からあふれていくのがわかる。

ずっと思っていたこと。言葉にするのが怖かったこと。

「お母さん、あたし、夢があるの」

ずるり、と、肩にかけていたカバンがずり落ちてきた。腕をだらんと下に垂らすと、そのままカバンは床に落ちた。中に入っている本の角が床に当たって、ごんと重い音がした。

ごん、と重い音がした。

「あたしバカだけど、学校の勉強とか全然できないけど」

伯父の部屋から借りてきたテキストは重い。あの真っ白な病室を出てから、小春はたくさん調べた。カラーコーディネーターになるためには、検定試験を受けなければならないこと。一級の合格率は約十五パーセントだということ。合格するための最適な道は、専門学校に通うこと。

「だけど、夢はあるんだよ」

だけどそんなお金、この家にないってことは、分かってる。

そんな自由、この家にないってことも、分かってる。

その二つを持っているのが、佑介だった。

学費は親に出してもらって、バイクだって買ってもらって、自分の行きたい大学に行って、ストリートライブをして、好きな時に好きなように曲を作る。そんな佑介のそばにいて、確かめたいことがあった。だから、佑介が高校を卒業して、プロの歌手になるために音大へ進学したという話を聞いたとき、小春はすぐに告白した。

好きだったからじゃない。佑介のそばにいて、確かめたかったからだ。

お金と自由、その二つを持っていても、夢はかなわないということもあること。いつか自分の作った歌をたくさんの人に届けたいと語るその夢は、かなわないということ。そばにいると、佑介だけが真っ白に見えたり真っ黒に見えたりした。真っ白に見えるときは、きっとこの人の夢はかなわないんだろうな、と、あきらめのような感情を抱くとき。真っ黒に見えるときは、恵まれた環境が羨《うらや》ましくて、憎しみに似た感情を抱くとき。

毎日欠かさず、放課後は駅に行って佑介の歌を聴いた。客の数が一向に増えないということを確かめたかったから。人間の創造性を刺激する、とテキストに書かれていた緑色のカーテンだって、わざと買った。それでも現状を変えるような曲が生まれない日々の積み重ねを見ていたかったから。

あたしの夢がかなわないのなんて、なんてことない。あたしがかわいそうじゃない、しょうがないんだ。お金と自由、その二つを持っていても夢がかなわない人だってたくさんいるんだから。佑介のそばにいることで、そう思いたかった。

「かなわないってわかってるけど、それでも、捨てることはできないの」

琴姉は、宝石の販売で店舗ナンバーワンの売り上げを誇っている。兄貴だって、なかなか報われなくてもずっと就職活動を続けている。るりは奨学金をもらえる特待生を目指して、放課後に喫茶店を手伝いながらも国立大学受験の勉強をしている。下にはまだまだ自由な時間がたくさんある凌馬だって真歩だっている。

あたしだけ、勝手なことはできない。

だけど、だけどそれは、

「お父さんがくれた夢だから」

だから、かなうことはなくても、捨てることはできない。

母の着ているTシャツの肩の部分に、小春の涙が染みていった。

「小春」

ぐ、と、母はてのひらに力をこめた。抱き寄せられたわけではない。

「ごめんね、小春」

小春の肩を、母は強く握った。痛い。痛いけれど、こうしてもらわなかったら、母の体に身を預けてどろどろになるまで泣いてしまっていたかもしれない。

「今日会ってた男の人は、小春が思ってるような人じゃない。それだけは分かって。お母さんもうちょっとがんばってみるから、ちゃんと話すから」

お母さんが悪いわけじゃない。わかってる、お母さんは朝早くから夜遅くまで毎日店で働いてくれている。外からは誰も雇わないで、人件費をできるだけ削減しようとしていることも知っている。それなのに、店に来てくれるお客さんがなかなか増えないってことも、きょうだい全員、知っている。

全部わかっているから、どうしようもできなかった。琴姉も、兄貴も、るりも、それぞれの出口を見つけているのに、自分だけ出口がないみたいで、どうしていいかわからない。

スカートの中に風が入りこんでくる。背後でドアの閉まる音がした。琴美が佑介を帰してくれたようだ。すぐそばで、琴美がかすかに息をしているのを感じる。

お父さん、あたしは夢を隠したまま歩いてきたよ、あれからずっと。

お父さんの作った家に色を塗るために、ここまで歩いてきたんだよ。

小春は、ゆっくりと目を開けて母の顔を見た。母は、眉《まゆ》を下げて小春のことを見ていた。小春は、この表情を、この目の中の色を知っている、と思った。

それは、真歩が生まれる前、喫茶店の名前を「星やどり」に変えると突然言い出した父の目と同じ色だった。完成した星型の天窓を見上げる父の目と同じ色。

今なら分かる。あのとき父はきっと、終わりを予感していた。いつか癌が全身に転移して、子どもの成長を見ずして自分は人生を終えてしまうのだろうと、予感していた目だ。

「お母さん」

小春が何か言おうとすると、母は、

「おやすみ」

と言って小春の肩からてのひらを離した。触れ合っていてあたたかかった部分が、外気にさらされて冷たくなる。

お母さんは、何を予感しているんだろう。何の終わりを、感じているんだろう。

二男　凌馬

◇

あっちい。つれえ。砂がやべえ。Tシャツも短パンも全部脱いで、海の中にダイブしてえ。そんときはパンツも脱いでいいかな。いや、そんなことしたら女子にまたキモいとかクサいとか言われるか。つーか別に気にすることないか。脱いだパンツ女子に投げつけてやろうか。よし決定。そう思ってないと倒れそうだ。

海の上にある太陽は、人間の目のあたりにちょうど焦点を合わせてきている気がする。まぶたをぱちぱちとさせて汗が目に入らないようにしていても、まつげが濡《ぬ》れて結局気持ち悪い。「マジ、無理、死ぬ」隣で遠藤が手首をぶらぶらさせながら舌を出している。「ラストー！」キャプテンの声に、「はい！」と部員の声が揃うその中に、遠藤の「無理！」が見事に紛れた。

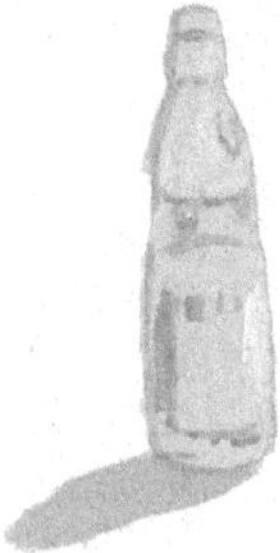

凌馬は、体力には自信がある。だけどこれはきつい、なかなか慣れない。毎週金曜日、テニス部は近くの浜辺まで出てランニングをする。男子も女子も、季節も関係ない。「よっしゃラスト！」先頭を走っている男子の先輩たちが汗だくのTシャツを脱ぎ捨てた。毎日部活に出ている先輩たちは、体脂肪なんてまるでないように見える。走り終わったらそのまま海に飛び込む気なのだろう。夏の浜ランの恒例行事だ。

燃えるように体が熱い。心臓が溶けて出てきたみたいに、毛穴からどわどわと汗が溢《あふ》れてくる。自分の周りだけ何度か気温が上がっているみたいだ。「マジ、無理、俺、死ぬ」一歩踏み出すたびに隣がうるさいので、凌馬は「俺まで疲れるっつの！」と遠藤の背中を殴った。遠藤の汗がびしゃっと飛び散って気持ち悪かったし、殴った力の反動が自分に返ってきて、余計にちょっと疲れた。

三年が引退して二倍くらい元気になった二年の先輩たちが、「いちばーん！」と叫びながらラストスパートをかけている。凌馬と遠藤は女子よりも遅いくらいの最後尾で、肩までまくったTシャツをぱたぱたとさせながら走る。テニスシューズに浜辺の砂が入りこんできて、足の裏のへこんだ部分に砂の山ができている。普段サボるのはもう何も言わねえ、だけど金曜だけは来い。そういうキャプテンの目は本気で、凌馬も遠藤も「はい」とうなずくしかなかった。金曜日の練習が浜辺でのランニングだとわかったとき、遠藤は「死ぬー殺されるー！」とラケットを振り回したが、凌馬は別に嫌ではなかった。体を動かすことは嫌いじゃないし、調子に乗って楽しそうにしている先輩たちとじゃれるのも嫌いじゃない。

　凌馬の腕を、太陽が焦がそうとしてくる。穏やかに揺れる海面はまるで光源のようだ。

「やべえ、ぱねえ、今日暑さありえねえ、俺ついにダメかも……凌馬、あとは任せた」

「あとちょっとだろ、ゴールしたら海行こうぜ」

「女子も脱がねえかな」

「追いついて脱がせれば？」

「……ぼくがんばれるっ」ぶはっと凌馬が吹き出すと、前を走っていた一年女子がちらりとこっちを睨《にら》んだ。やべえ。聞こえてたっぽい。

　ゴール地点で顧問がパンパンと手を叩《たた》いている。「ハイハイお疲れー、すぐ止まんなー、ちょっと歩いたほうが楽だぞー」何も遮るものがない浜辺に、ねぎらいの手拍子はよく響く。「だあああああああー！」遠藤はゴールした途端その場に倒れて砂まみれになった。「ちょっと歩いたほうが楽だとよ」凌馬がそう言っても、どわあああああと喚《わめ》きながら砂の上を転がっている。「そんな元気あんのならもっと速く走れよ！」「砂あちい砂あちい砂あちいうおおお彼女ほしいいいいい」わけわかんねえやコイッ、と、凌馬はＴシャツを脱ごうとする。汗をかいた背中にシャツが張りついてしまうので、体を思いっきりくの字に曲げる。

先頭集団はもう海の中にダイブしていて、女子たちがタオルで顔を拭《ふ》きながらその様子を見ている。バカだなーあいつら、と笑う二年女子の横をひゅんと駆け抜け、凌馬は、仲のいい先輩へと突進する。「凌馬溺《おぼ》れさせろ！」「遠藤もお前もおせーんだよ走るの！」先輩につかまった途端パンツを脱がされそうになり、海の中で暴れる。さっきまであんなに疲れていたはずなのに、まだ自分の中にはこんなにもパワーが残っていたのだとびっくりする。

「りょうまあああ！」浜辺であほみたいに遠藤が叫んでいる。「俺腹減ったよおおお！」あいつうるせーな、と先輩たちが笑っている。「シチュー食いに行きたいよおおお！」わーったわーった！　と叫び返すと、遠藤はまたバタッと砂浜に倒れたが、「砂あつっ！」と一人でまだ暴れている。「お前らあがれよー、脚つっても知らねえぞ！」キャプテンの太い声が飛んでくる。

先輩の頭を押さえつけながら、あ、替えのパンツも短パンもねえや、と思ったけれど、もう関係ない。きっと先輩たちも皆そんなもの持ってきてない。夏ならば服を着ていなくても堂々と道を歩けるのが、海のある町のいいところだ。夏は、肌の色で地元の人間かどうかが判断できるようになる。東京から来た色白の男が裸で歩いているのは、こっちの人間からしたら少しおもしろい。

小さなころから、凌馬はずっとこの浜辺にいる。父ちゃんが作ってくれた海の家。しょうゆ味の利いた焼きもろこし。ジャージのジッパーを一番上まで上げて走る幼なじみの姿。砂浜の上にぽこぽこと連なっていく小さな足跡。その向こうで波打つ海の光。テトラポッドに座って棒アイスや肉まんを食べながら、凌馬はその全てを見て大きくなった。

ビーフシチュー、早く食いてえな。そう思った途端、意識していなかった空腹が凌馬を襲う。よく焼けた薄い体の中は、すっかりからっぽみたいだ。あー食いてえ食いてえ食いてえ。早く冷房のかかった店に入りてえ。そんで氷がいっぱい入ったお冷やを一気飲みするんだ。ライスはメガ盛りにしてもらお。

だけど、母ちゃんには会いたくねえな。

体中から力が抜けたと思ったら、「隙あり！」と襲ってきた遠藤に沈められてしまった。

◇

二人並んで上半身裸のまま店に入ると、「ひゃー！」と遠藤が声をあげた。「すーず

ーしーいいい！」と両手を挙げる遠藤に、「うるさい」とるりが一喝する。「店の景観
が崩れるから服着てって」そう言うるりに、「タオルで乳首は隠してんじゃん」と凌
馬は首からかけたタオルをぷらぷらとさせる。結局、一度店の奥に引っ込んだるりが
Tシャツを二枚持ってきてくれた。「風邪引くでしょ。ほんとガキなんだから」何だ
かんだ言ってるり姉はやさしいんだよな、と思っていると、
「変態かお前らは」
という呆《あき》れ声がした。兄貴だ。今日も頼りない顔をしている光彦の向かいの席では、
軽蔑《けいべつ》の眼差《まなざ》しをたずさえたあおいが銀のスプーンを口にくわえている。
「兄貴こそ変態じゃねーか！　あおいと二人で飯って！　ロリコン動画の履歴は残っ
てなかったはず……」
「えっ兄さん吉田とそういう関係なんすか？　何個下いっちゃってんすか？」
Tシャツの襟首からぽんと顔を出しながら遠藤がニヤニヤする。「ロクな友達がい
ねーな我が弟には」なあああおいちゃん、と光彦は同意を求めるが、あおいは「あなた
もね」という目線を光彦に向けている。
バッサバサの髪の毛をタオルで拭きながら、二人が座っているテーブルに凌馬たち
も座る。「ほら光彦詰めて詰めて」「俺お前のななこ上だぞ？」遠藤と光彦はクラスメ
イトみたいに仲がいい。遠藤は年上の男にかわいがられるのが上手だ。「あんたたち

海くさいよ。シャワー浴びてないの？」耳の中砂だらけ、と、あおいはビーフシチューの入った皿を凌馬から遠ざけながら顔をしかめた。光彦はナポリタンを食べたようだ、ケチャップの付いた皿が光っている。

「あんたたち今日もビーフシチューとライス？　メガ盛り？」

るりがオーダーを取りに来る。よく見ると、店内にはこの四人以外に客がいなかった。凌馬の目線に気づいたのか、るりが口を開く。

「ブラウンおじいちゃんも来てないのよ、最近。毎日来てたのに、急にぱったり」

「確かに！　俺メガ盛りで！」

おじいちゃんの話なんてどうでもいいというように遠藤が話に割って入り、るりは「はいはい」と言って厨房《ちゅうぼう》へ消えていった。確かに、毎日いたはずのブラウンおじいちゃんの姿すらない。もう夕食時なのにな、と思っていると、遠藤がおしぼりで顔を拭きながら言った。

「そんで、ホントに何で吉田ここにいんの？　マジで凌馬の兄ちゃんとそういう関係？」

「お前はほんまもんのバカか！」一番早くツッコんだのは凌馬だった。兄貴はあおいのカテキョやってんのーそれで仲いいのー」

仲いいわけじゃないけど、と呟くあおいの隣で、光彦が「俺たち仲いいわけじゃないの？」としょぼんとする。

「期末の結果が上がったらここのシチューおごってもらうって約束してて、それで」

「あ！　ていうかおめー凌馬！　あおいちゃんの結果が出てるってことはおめーも期末の結果出てっだろ！　隠してんな！　つーか小春もだ！　俺はあおいちゃんとるりの結果しか知らん！」

気のせい気のせい、と言ったら遠藤と見事にかぶって、二人でぎゃはははと笑う。

「まああそんなのいいじゃないすか兄さん」飲みなさい飲みなさい、と光彦のグラスにお冷やを注ぎ足しながら、遠藤が光彦の背中をバンバン叩いて話を逸《そ》らす。

「金曜てことは陸部は休みか？」

「うん。テニス部はあれでしょ、浜ラン」どうせそのあと海にでも飛び込んだんでしょ、と、あおいは砂のついた遠藤のおしぼりをちらりと見る。「陸部は月曜に浜ランやるんだけど、終わったら男子絶対飛び込むんだもん」

あおいと凌馬は幼なじみだ。この町の子どもはみんな同じ幼稚園に通い、小学校、中学校とそのまま進学していく。あおいと仲良くなったのは、父が吉田家のリフォームを引き受けたときからだ。父に会いに行くとそこにはあおいがいて、学校ではあまり話したことがなかったのに急に仲良くなった。意外とサバサバしていて男っぽいところのあるあおいの性格が、凌馬と合ったのかもしれない。

「凌馬も遠藤くんも、普段の練習サボってるくせに浜ランには行くんだね」あれ一番きついでしょ、とあおいが言い終わる前に、「おめーら練習サボってんじゃねえよー」と部活でレギュラーになったことのない光彦がかぶせてくる。我が兄貴ながらかなりうっとうしい。

「練習サボっても、俺たち先輩に気に入られるのうまいもんなあ～」「おー俺たちかわいいもんなあ～」甘い声を出していると、るりが「うるさいなあほんとに」とライスを持ってきてくれた。はじめて遠藤を店に連れてきたとき、「飯が足りない飯が足りない！」とアホみたいに喚く二人に「しょうがないなこいつら……」と、るりが大盛り以上に飯をよそってくれたことから始まったメガ盛り。それから、凌馬と遠藤が来たときは当然のようにメガ盛りをオーダーするようになった。

「とりあえずライスだけ。シチューはちょっと待っててね。塩とかかけて食べてて」塩て！　と凌馬がツッコむと、あおいがカチャンと音をたててスプーンを置いた。よく見れば、あおいももう食事を終えている。

「るりさん、また学年で五番以内でしたね。ほんとすごい」すかさず、弟と違って、と光彦があおいの声マネをする。

「えーお前他の学年の順位まで見てんの？　意味わかんねー」ほんとにライスに塩をかけだした遠藤が眉《まゆ》をひそめる。

「陸部の先輩で、全然学校来てないのに順位だけ高い人がいるから、いつも探しちゃうんだよね」

「え、あの子陸部なの？　松浦《まつうら》さんのことだよね？」と、るり。

「ハイ、今回の期末も……るりさんより上だったかも。松浦さん、全然来ないのに大会での成績もよくて、やになっちゃいますよ」

「松浦さんって誰？」「かわいい？」「彼氏いるの？」「処女？」「るり姉より順位上なの？」「何カップ？」「芸能人で言うと誰似？」

「うるさいなこの二人は！」るりが凌馬の頭を叩《たた》こうとしたとき、新たな客が店に入ってきた。いらっしゃいませー、と、るりはそちらへ行ってしまう。

「君たち二人の名前は順位表でいくら探しても見つからないけどねー」とあおいがニヤニヤする前で、光彦が薄い胸板を張っている。「あおいちゃんはお前らと違ってまたトップテン入りだぞ、見習いなさい」いやいや、あおいの好成績はお前のおかげじゃないから、と凌馬が言いかけたとき、深みのある甘いにおいが鼻先をかすめた。鼻から入り込んで、からっぽの腹の底まで一瞬で落ちてくるようなにおい。

「ハイ、ちょっとテーブル空けて空けて」

大きなトレイを抱えてやってきた母を見て、遠藤は子どもみたいに「わーい！」とバンザイをした。大きな皿になみなみと注がれたシチューから、さまざまな野菜が溶け込んだ色をした湯気がゆらゆらと立ち昇っている。

「いっぱい食べなさいね、疲れてるでしょう」

「疲れてるのでいっぱい食べまーす！」遠藤は一番大きな牛肉をスプーンで掬《すく》うと、ふうふうと息を吹きかける。丸出しの額が湯気でかすんで見える。

あんなにも空腹だったはずなのに、食欲が引いていく。

「凌馬、食べないの？」

うっめえー！　と大声をあげる遠藤を見てくすくす笑いながら、母は凌馬を覗《のぞ》き込む。

「あれ」

母が凌馬の顔に手を伸ばす。

「あんた、顔に砂ついてるよ」

「さわんなよ」

凌馬はその手を払った。

「マジさわんなって」

え、と光彦が声を漏らす。

「……凌馬」

「いいから。どっか行けって」

凌馬は母を見もせずにスプーンを握り、シチューを掬った。そして、一口食べてすぐにスプーンを置き、ライスだけを食べ始めた。「何してんのお前」遠藤がふざけた感じで笑ったが、凌馬は何も反応しない。

焼きチーズカレーとナポリタンですね、というるりの声が聞こえてくる。光彦が「大丈夫だから」と何の説得力もないことを言って、な、と母を厨房へと促す。「注文入ってるぜ、お客さん待たせたらダメだろ」

腹は減っているけれど、ビーフシチューは食べられない。空腹なら大丈夫かと思っていたけど、やっぱりダメだった。

凌馬は白飯を水で流し込む。小空の中が少し、暗くなった気がした。

「どうしたんだよお前……母さんにあんな態度とるなよ。シチュー食わねえの？　腹減ってんじゃねえの？」

うるせえな、と凌馬が睨《にら》むと、光彦はめんどくさそうに「んだよお前」とぼやいた。このバカ兄貴は昨日の夜中眠りこけていた。あんなに大きな声ではる姉と母ちゃんが言い合っていたのに。

何お前反抗期？　と笑う遠藤の前で、あおいだけが真剣な眼差しをして凌馬のことを見ている。

凌馬は、銀のスプーンに映る自分の顔を見つめる。

思ったよりも怖い顔をしている。俺、自分が思っている以上に怒ってんのかも。母の顔を見た途端、頭の中で、小春の甲高い声が再生された。昨日の夜、あれから凌馬は眠れなかった。

「凌馬、どうしたの？」

あおいの声がする。凌馬は「塩ご飯うめえ」と言って笑ったが、笑い返したのは遠藤だけだった。

★★★★

全校集会は出席番号順で並ぶけれど、凌馬と遠藤は勝手に一番後ろへ移動する。一番後ろだったら騒いでいてもあんまり先生にも見つからないからだろう。「あんたたちうっるさい」と二人を睨む女子もいるが、やけに短いスカートから飛び出している太ももに二人の視線は釘《くぎ》づけだ。あついねー、なんて言いながら、二つ目のボタンまで開けたカッターシャツの胸元をぱたぱた煽《あお》ぐ女子がいたりなんかすると、遠藤は「ダメだ俺マジ性欲でできてるみてえだわ夏とかマジで」と息継ぎなしで言う。

七月の体育館は朝だろうと蒸し暑い。遠藤はベルトに差していたうちわを酷使している。「マジ無理マジ無理倒れる倒れる」遠藤はちょっと暑かったりちょっと寒かったりするとすぐ無理と言う気がする。

ステージの上には、各部活で好成績を収めた生徒たちが並んでいる。高体連、という単語がぽつぽつと聞こえてくるが、二人は全く聞いていない。関係が無いからだろう。二人はテニス部の大会にもちろん出場はしていないし、応援にすら行っていない。だけど先輩にはかわいがられる。もちろん二人を悪く言う先輩もいるが、そういう人たちのことをこの二人は全く怖がったりしない。

「あれ、お前は表彰されないの？」

凌馬が右隣をちらりと見た。あおいの名字はヨシダなので、出席番号順に並ぶとこのクラスでは一番後ろになる。

「うるさいなあ」あおいは凌馬を睨む。

「ダメだったの？」

「……あとふたり抜けば、県大会行けた」

「ふうん」

「だから実質県大会行ってた」

いやいやいやいやダメだったんでしょ、と、頭の後ろで手を組むと、あおいは凌馬の脇腹にパンチを入れた。「いてっ」「あんたってほんとデリカシーないよね」でりかしい？と凌馬が首をかしげると、もういい、とあおいはまっすぐ前を向く。

表彰は進んでいく。バスケ部「イケメンだったなあ〜あいつら」テニス部「県行けるの男子も女子もキャプテンのペアだけか〜しっかりしろや〜」「遠藤声でけえって」弓道部「弓道部って普段何してんの？　集中？」「遠藤声でけえって！」

「陸上部。高体連県予選百メートル二位、松浦ユリカ」

校長先生がそう言うと、顧問が「欠席です」と答える。「あれっ」と凌馬が声を出した。

「前に店で言ってた松浦さんって、今の？　頭もよくて足も速いってヤツ」

「そう。学校も練習も全然来てないけど」

あおいは前を向いたまま答える。今日も学校を休んでいるようで、松浦ユリカは登壇していない。

「何お前、むかついてんの？　その松浦さんって人に。お前も百メートルだろ？」

「うるさいな」

あおいはこっちを向かない。「イライラしてんな、あの日なんじゃねえの？」遠藤がニヤニヤしているけど、あおいは動じない。

そのとき、ぐう、と誰かの腹が鳴った。

けっこう大きな音だった。周りの女の子たちが「えー音デカ」「朝なのにもう？」とくすくす笑っている。凌馬は黒眼だけを動かした。その動作は、右にいるあおいの左耳を盗み見たように見えた。

「遠藤、遠藤」凌馬が声を出すと、あおいがびくっと肩に力を入れた。

「俺屁《へ》こいちゃったー、遠藤うちわでこのへん煽ってーにおい分散させてー」

お安い御用と笑いながらぱたぱたとうちわを煽ぐ遠藤に、サイテー、と周囲の女子たちがつぶやく。ほれほれ、と遠藤はその女子たちのほうに向かってうちわを煽ぐ。凌馬のフェロモン浴びろ、と相変わらずわけのわからないことを言っている。

凌馬はズボンのポケットに手を突っ込んで、のどあめをひとつ取り出した。「食う？」差しだすと、あおいは聞こえるか聞こえないかくらいの大きさの声で「ありがと」と応《こた》え、そののどあめを受け取った。


「お前、朝メシは？」

遠藤がそばを離れたタイミングを見計らったように、凌馬はあおいを呼びとめた。全校集会からの帰り道、生徒たちの足音のはざまから、あおいの声が返ってくる。

「さっきありがとね。思いっきりお腹鳴っちゃって」

「すげえ耳赤くなってたぞ」

「凌馬がおならしてたら大騒ぎになるくらいくさいはずだもんね」

「うっせえよ」

そうじゃなくて、と、凌馬はがしがしと頭をかく。ワックスの行き届いていないぺったんこの後頭部を見てあおいは少し笑っている。

「お前今日朝飯は？　何食ったの？」

それぞれ好き勝手に列を乱して教室に戻る生徒たちに聞こえないように、凌馬は小さな声で訊《き》いた。

「朝練あったのに寝坊しちゃって。牛乳一杯飲んで出てきた。時間ギリギリだったし、コンビニにも寄れなくてさ」

「昼は？　弁当？」

凌馬が聞くと、あおいはスカートのポケットから小さな赤いチェックの財布を取り出した。

「これ」

あおいが右手のひとさし指と親指でつかんだ五百円玉が、太陽の光を受けてぴかりと輝いた。

「……母ちゃん、やっぱずっと変わんないのか？」

「変わんないよ。別に期待もしてないから大丈夫」

「それは大丈夫って言わねんだよ」

男子トイレから、おー遠藤おはよー今日もバカみてえだなー！　という大きな声が聞こえてくる。そろそろ遠藤が戻ってきてしまう。

「俺今日から弁当食わねえから。俺のヤツあげるよ。昼休み屋上いるから、来いよ。渡すから」

凌馬は早口でそう言うと、じゃ、とトイレへ行こうとする。すかさずあおいは「待って」と凌馬の細い肩をつかんだ。

「凌馬さ、お母さんと何かあったの？」

「は？」凌馬が強めに訊き返しても、あおいは全くひるんでいない。

「店でも態度おかしかったし、ビーフシチューも食べなかったし……その感じだと、夏休み前の三者面談のことも絶対言ってないでしょ」

何も言わない凌馬を見て、あおいは「……やっぱり」と呆《あき》れたようにつぶやいた。

「ほんとは自分が食べたくないだけなんでしょ、お母さんが作ったお弁当。そのまま持って帰るのはやりすぎだし、あたしに食べさせようって魂胆だ」

「うるせーよ。お前には関係ねえ」

「問題をすりかえないほうがいいと思うよ」

あおいはそう言って、凌馬からもらったのどあめをぱくっと口に放り込んだ。

「今凌馬が考えなきゃいけないのは、私のことじゃなくて、お母さんとのことじゃない？　何があったかは知らないけど」

じゃね、とあおいが手を振ったのと、ぐるる、と腹が鳴ったのは同時だった。

「……やっぱ、今日は俺の弁当食えって」

凌馬が笑いを堪《こら》えていると、あおいは「もう一個、あめもらっていい？」と小さな右てのひらを差し出した。

◇

父があおいの家をリフォームしたのは、凌馬とあおいが小学三年生の夏だった。光彦が、ちょうどいまの凌馬のように、高校一年目を存分に楽しんでいたころだ。

凌馬とあおいは、小学校ではあまり話したことがなかった。凌馬は、自分は女子とは話さないという小学生男子ならではのこだわりを持っていたし、あおいも積極的に男子と関わろうとするタイプの女子ではなかった。そのときの凌馬から見たあおいは、クラスにいる足の速い女子、というくらいの存在でしかなかった。

凌馬は、父の仕事を見るのが好きだった。小春とるりは父のデザインが好きだったようだが、凌馬は父が物を創りだしている姿を見るのが好きだった。友達が自慢してきたプラモデルより面白いと思ったし、兄の友達が貸してくれたゲームより難しいと思った。父は建築家だったが常に現場に顔を出すタイプだったため、凌馬は光彦といっしょによくあおいの家に遊びに行った。家が生まれ変わっていくことがカッコよかったし、何よりそれを導いている父の姿がカッコよかった。「父ちゃんの頭の中見てえなっ」と興奮する凌馬に、「レントゲン撮りたいってこと？」と光彦が真顔で言ったことを凌馬は忘れられない。

仕事を見るのに飽きた光彦が「俺ウチ帰るけど、お前は？」というときは決まって当時の彼女とどこかに遊びに行くときで、幼いながらに凌馬は何かを察して別行動をした。そのときは大体、知らない大人たちの間で居場所を見失っているあおいを連れて、浜辺まで歩いた。人がうじゃうじゃいるビーチではなくて、むかし孝史が教えてくれた、人のいない浜辺だ。商店街でラムネを二本買って、いつまで経っても出てこないむらさきのビー玉を舌先でべろべろと舐《な》めながら、二人は潮のにおいを頼りに歩いた。

学校じゃない場所だと、周りの男友達に冷やかされる心配もないので、あおいとも普通に話すことができた。ランドセルを背負わずに歩く町は、どこか知らない場所のようで、冒険心をくすぐられた。

「凌馬くんのお父さんかっこいいね」

あおいはさらさらの砂浜を裸足《はだし》の足の指でもてあそびながら、何度もそう言った。海の色素だけを吸い取ったように空は青くて、まるい道路標識が遥《はる》か遠くに見えていた。

「うちのお父さんはずっと単身赴任だから。家にいないし、ふだん何してるのかわかんない」

凌馬はそのときタンシンフニンという言葉の意味が分からなかったが、分かろうとすることもせず、あおいに明るい声を投げ続けた。

「父ちゃんはな、ものを創りだす天才なんだ」

「俺の父ちゃん、世界一かっこいいんだ」

「あの海の家もな、父ちゃんが作ったんだぜ」

凌馬はつめの間に砂がはさまった指で、遠くの浜辺を指した。そこにはログハウス風の海の家があり、たくさんの人が行き来していた。屋台のような古い趣もある海のログハウスからは、しょうゆで味つけした焼きもろこしのけむりや、人々の笑い声が立ち昇っていた。

二人で、遠くからビーチを見つめた。人々の着ている水着の色々が忙しそうに動き回っていた。

「すごいね」

あおいは目を細めてそう言った。

「あれも凌馬くんのお父さんが作ったんだ」

おう、と凌馬は頷《うなず》く。

「みんな楽しそうだね」

あおいは何度目かの浜辺で、大学附属の幼稚園の受験に失敗してから、お母さんがあまり話してくれなくなった、と言った。

凌馬は、フゾク、とか、ジュケン、とか、そういう言葉の意味がまだよくわからず、そんなあおいに父の自慢を繰り返した。駅前の商店街のかつら屋も、俺んちの喫茶店も、父ちゃんがリフォームしてつくったんだよ。

あおいはいつも、すごいね、すごいね、と返してくれた。凌馬がほしいと思った言葉を、ほしいと思ったタイミングで差しだしてくれていた。

そのことに気付いたのは、ずいぶんとあとになってからだ。

「私、凌馬くんのお父さんにベランダをきれいにしてほしいな。もっともっときれいに星が見えるようになってほしい」

あおいはいつも浜辺を走っていた。凌馬は、空から降ってきたみたいにしてそこにある大きなテトラポッドの上で体操座りをしながら、あおいの走る姿を見ていた。きらきらひかる青い海を背後に携えて、裸足で砂を蹴《け》りながら走るあおいの姿は、どこかの国の童話の主人公みたいだった。太陽が落ちてゆくと、一瞬、駆けるあおいが光を隠す瞬間があった。そのときあおいは小さな小さなシルエットになって、海に焼きつく。さん、さん、さん、と足の指で砂を飛ばしながら、あおいは走っていた。

父は仕事を終えると浜辺まで凌馬を迎えに来てくれた。「凌馬！」父の野太い声が背後から降ってくると、「お父さんだ！」凌馬は天に引っ張られるようにすくっと立ち上がることができた。

あのころ、凌馬にとって父は正義だった。

「ばいばい」凌馬はあおいに手を振る。父が来たら家に帰るのだ。「私はもうちょっとここにいるね」世界と同じ広さの海を背負って手を振り返してくるあおいは、ほんとうは何を背負っているのか、あのころの凌馬には全く分からなかった。

かけっこだけは一番になれるの。あおいはよくそう言っていた。

受験は失敗したし、ピアノとか、おけいこで一番がとれるわけでもないから、かけっこだけはがんばるの。一番になれたら、お母さんがほめてくれるの。たぶん、ほめてくれるの。

あおいは中学に入って陸上部に入った。凌馬は遠藤と野球部に入ったが、頭を坊主にすることと理不尽な先輩たちの態度が嫌ですぐにやめた。凌馬はよく、浜辺のテトラポッドに座って放課後を過ごした。たまにランニングをしている野球部が通りかかったが、気にしなかった。あおいは自主練をするときは必ず浜辺まで出てきた。夏は半袖《はんそで》で、冬はジャージを着て走るあおいの姿は、物理的な大きさは違えど、シルエットはあのころと何も変わらなかった。「腹減った」「彼女欲しい」「金ねえ」遠藤は隣でそれしか言わなかったけれど、海のそばにいると不思議と会話はいらなかった。

学ランは潮のにおいをよく吸い込んだ。中学生になった凌馬は、フヅクという言葉の意味や、ジュケンに失敗したと言っていたあおいの気持ちを、ようやく分かるようになっていた。

そして、そのころにはもう誰も、凌馬のことを迎えに来てはくれなかった。

「兄ちゃん」

ねえ、と突然肩を叩《たた》かれたので、凌馬は椅子からびくっと飛び上がってしまう。

「珍しいね、勉強してんの？」振り返ると、眠そうに目を細めた真歩がパジャマ姿で立っていた。壁の掛け時計を見ると、もう午前一時近い。

「電気消していい？　兄ちゃんまだ寝ないの？」

僕はもう寝るからね、と、真歩はもそもそとタオルケットの中に入っていく。別のベッドではたるみ始めた腹を丸出しにした光彦がいびきをかいている。部屋が暗くならないと寝られない真歩と、明るくてもうるさくてもどこでも寝られる光彦。ほんと似てねえなあ、と思いながらカーテンを閉めようとすると、窓に自分の顔が映った。

短い髪の毛に剃《そ》った眉《まゆ》。はっきりとした二重と細い顎《あご》は、父親ゆずりだ。

凌馬は父が大好きだった。

大好きで大好きでたまらなかった。

新しい父親がほしいだなんて、たった一度も思ったことがなかった。

何でよりによって今日なの？　何でこんな日に男の人と会うの⁉

あたしは今日お父さんのとこに会いに行ってきた！　その途中で見たんだよ！　あたしの気持ち分かる？

凌馬は、机の上に広げていた三者面談のプリントを握りつぶす。父さんだったら俺の進路について何て言うだろう。まだ何も見えないこの先に対して、何て言ってくれるんだろう。明日はいつもよりも早起きだというのに、凌馬はなかなか眠れなかった。

◇

小鳥のさえずりの中、携帯を握りしめたまま凌馬はふらふらと階段を下りる。早朝でも家の中はもう暑い。足取りは心もとないが、誰も起こさないようにと、意識ははっきりとしている。いつもより一時間も早く起きたんだ。今日の朝ごはん当番は、仕事が休みの琴姉。琴姉が朝ごはんを作りにくる前にさっさとやってしまって、俺は何事もなかったように……

「あ、起きてきた起きてきた」

アニメに出てくるどろぼうのように、そ、そ、と歩いていた凌馬は、ぴたりとその場に固まった。

「遅いくらいだよ、あんた」

キッチンでは、琴美が仁王立ちをしていた。もうしっかりとエプロンを着ている。凌馬はそっと、まないたの上に置かれている包丁を握った。

「……何してんのあんた」

「な、な、な、な、な」

琴美に包丁を向けたまま凌馬はわなわなと震える。のどかな夏の朝の風景が、一瞬にして強盗現場のようになる。

「何でもう琴姉がいんだよ！　寝てろよ！」

「元気ねえ朝っぱらから……」

危ないよバカ、と琴美に包丁を取り上げられる。

「あんたが一人で弁当作れるわけないんだから」

と軽くあしらいつつ、琴美は凌馬からさらに携帯も奪う。

「ほら、早く手洗いなさいよ……ああ、あんた、携帯のアラームで起きたんだ。それなら同室の光彦も真歩も起こさないもんね、なるほどなるほど」

「……」

「どしたの？　寝ぼけてんの？」

「その携帯、バイブ設定にして、パンツの中に入れてた」

「最低ッ！」

携帯をテーブルの上に放り投げて、琴美は髪を結い始めた。「……孝史さんもそういうことしてると思うよ」「してません！」ピシャッと叩かれるように言われて、凌馬はひっと肩をすくめる。

「ほら、手伝ってあげるから。やるよ」

手洗いなさいって、と、琴美は蛇口をきゅっとひねった。朝一番の水が銀色の口から勢いよく飛び出す。

「あおいちゃんのために、お弁当、余分に作るんでしょ？」

こんなにもあっさりと言われてしまうと、わざわざ忍び足で起きてきたことが恥ずかしくてたまらなくなる。

「何で知ってんの？」

「……長女だから何でもわかるの」何だその理由、と凌馬は思ったが、どこか妙に納得してしまう。

「……お節介ババア」

「は？　誰に向かって口きいてんの？」

「何なんだよ。マジで何で弁当のこと知ってんの？　琴姉って何様？　王？」

「まあそれに近いわね」

「……ウゼー」

父がいなくなってからずっと、琴美がその代わりを務めてくれている気がする。琴美はこの家族のことを何でも知っているようにふるまう。

あの日だって、小春が帰ってきたのはあんな真夜中だったのに、琴美は玄関先に立っていた。瞳《ひとみ》の中に怒りを滾《たぎ》らせて母のことを睨《にら》みつける小春の背後で、琴美は何かをあきらめたように立ちつくしていた。小春が母にこれからぶつけるであろう言葉を、まるで全て知っているかのような顔で。

「今から作るんじゃ、ある程度冷凍食品に頼んないと無理でしょうね。ってあんた聞いてんの？」

てのひらからぴゃっと水を飛ばされて、凌馬は我に返る。「早く手洗いなさいってば」琴美は勝手にやる気を出している。どうして琴姉がここにいるのかはほんとによくわからないけれど、確かに、実際一人で台所に立っても何から始めていいか分からなかったかもしれない。

「ほら、お店の残りのナポリタンもらっといた。これ使えるでしょ。ってつまみ食いしてる場合じゃないってバカ」

「しょうがすりおろしといたから、みりんとしょうゆと混ぜなさい。豚肉の下味つけるからね……何その顔？　もしかしてみりんどれかわかんないの？」

「そこのジャガイモにラップかけてチンして、五分くらい、出したらすぐつぶすんだよ熱いうちに……今のジェスチャー何？　手でひねりつぶそうとしてなかった？　そこのマッシャーでつぶすの！」

「卵割って、だし汁と砂糖としょうゆでよく溶いて、あおいちゃん甘いやつが好きでしょ卵焼き。それだし汁じゃないコーヒー！　それ苦めの深煎《ふかい》りコーヒーだから！」

　言われるがままにあたふたしているうちに、ちゃくちゃくと弁当箱は埋まっていく。琴美はあおいの弁当を作るのと同時にきょうだい分の朝ごはんも作っているらしく、恐ろしいほどに手際がいい。

　キッチンの窓のそばには、もうすでに弁当が三つ並んでいる。色違いの小さな弁当箱が二つと、黒い長方形の二段重ねのものが一つ。母が店に行く前に作ってくれたのだろう、るり、小春、そして凌馬の分の弁当だ。中身が冷めるように、蓋《ふた》を開けて置いてある。七月の校舎はとても暑いため、万が一腐ることのないよう、小さめのアイスノンをいっしょに鞄《かばん》に入れておいてくれる。

「こんな早い時間にもう、こうして、あんたたちのお弁当つくってくれてるんだよ」

　凌馬は何も答えない。

チン、と音がしてほかほかにあたたまったカボチャが出てきた。「ほらほら私カボチャやるからあんた卵焼き作って」琴美に尻《しり》で押されて凌馬はよろめいてしまった。コンロをひねってフライパンをあたためる。だし汁と砂糖としょうゆで溶いた卵が入った黄色いボウルを手に取る。

「あんた！」

フライパンに向かって傾けていたボウルを、琴美に光の速さで奪い取られる。

「あぶら引いてないじゃん！　も～、あんたほんとに料理したことないんだね」

あぶら引かないと焦げ付いちゃうでしょーが、と、琴美はさらさらとフライパンに透明のあぶらを伸ばしていく。ごめん、と一歩下がる凌馬の目の前で、琴美は溶き卵を三分の一ほど、フライパンに流し込んだ。

じゅううう、というよだれが生まれるような音と甘い卵の匂いの合間から、琴美の声が聞こえてきた。

「お母さんの料理してる姿、いっぱい見て育ったでしょうが」

琴美は、浮かんできた泡を菜箸《さいばし》でつぶしながら、まだ表面が乾ききらないうちに奥から手前へと卵を巻いていく。

「お母さん、店を守るために、ずっとおいしいもの作ってくれてるんだから」

ちょっとそこのペーパータオル取って、と、琴美は顎《あご》をくいくいとする。

「お父さんが作った店、守るためにさ、毎日朝早くから夜遅くまで、おいしいもの作ってくれてんだよ」

凌馬はキッチンペーパーを差し出す。琴美はペーパータオルにあぶらを染み込ませて、フライパンの空いた部分にあぶらをひいていく。

このキッチンは、父が作った。母に負担がかからないような仕掛けがたくさんある。食器棚も調味料も全て、手に届く場所にある。動線はとても単純で、動きやすい。

母はいつでも、そのキッチンに立っている。この家の中でも、「星やどり」の中でも。

「あんたは、その背中ずっと見てきたでしょう」

なのにあぶらひくことも知らんのか、と、琴美はちょっと笑った。

「あおいちゃんに弁当をあげようっていうのは、あんたにしてはいい考えだよ。コンビニとか購買のものばっかり食べてたらダメ、ああいうのは塩分とかほんとにバカにならないし」

あおいちゃん、陸上続けてるんでしょ？　そう言う琴美に、凌馬は、ああ、とだけ答える。「だったら栄養もちゃんと考えた食事しないとね」

一回目の卵焼きが巻き上がったら、奥の方へずらし、また三分の一ほど溶き卵を追加する。巻き上がった卵焼きを少し持ち上げ、その下にも新たな溶き卵を流しいれる。

じううう、と音がする。聞き慣れた朝の音だ。

何もすることがなくなった凌馬は、ただ琴美の背後に立って、縁から色を変えていく溶き卵を見つめる。

「あんたって、やさしいんだよ」

琴美の菜箸が器用に動く。

「母さんが作ってくれた弁当をあおいちゃんにあげて、あんたは購買で昼を買えばいいのに、そうしない。ちゃんと自分の分を作っていく。だから早起きしたんでしょ」

二回目の卵が焼き上がり、琴美は最後の溶き卵をフライパンに流し込んだ。

「購買で昼を買うお金、節約しようとしてるんだよね」

最後の卵に、熱が通っていく。

「でも、お母さんが作った弁当はあんたが食べなさいよ。今作ってるやつを、あおいちゃんにあげなさい」

くる、くる、くる、と、最後の卵が金黄色のかたまりをくるんでいく。

「るりから聞いたよ。店で、シチューも食べなかったんだってね」

フライパンの上には、ふんわりとした卵の丘が出来上がっている。

「お母さんが作ったお弁当は、あんたが食べるんだからね」

琴美の声は、いつもよりやさしい。だけど、弟とは、姉のやさしい声にどう対応していいかわからなくなる生き物だ。

料理をする琴姉の後ろ姿は、母さんにちょっと似ている。

「あんたあおいちゃんとは仲いいよね、昔っから。女友達なんて他にいないのに」

「……うるせえな」

「別に何も言ってないじゃない」

「……」

「好きなの？」

「ちげえよっ！」

「うるさい」

「……腹立つ」

家族と話していると、途端に、正体のわからない恥ずかしさが全身を包み込むときがある。そういうときどうしたらいいのか、凌馬はまだわからない。

「俺、無理だ」

どうしたらいいのかわからないから、余計なことを言ってしまう。どうしたらいいかわからない自分を隠したくて、言わなくていい言葉が口をついて出てしまう。こういうとき、自分はまだ子どもなんだと感じる。

まだ高校一年生なんだ。父さん、俺は、父さんから教えてもらわなきゃならないことが、まだまだたくさんあった。

「無理って何が？」琴美はてきぱきと弁当箱の隙間を埋めている。

「母さんが」

「は？」

「俺、無理だ、十二日に男と会ってたとか、そういうの」

「……あんた、あのとき、起きてたの？」

琴美はこっちを向かない。

「気持ちわりい。あんな日に別の男と会うとか。何考えてんだよって思う。マジ、意味わかんねえ」

「でもあれはね」

「店休んでまでさ。なんか裏切られた気分」

「お母さん何してんの？」

階段からるりの声がして、凌馬は振り返った。「何でこんなとこに座ってんの」二度寝？と笑うるりのすぐそば、階段の一番下の段に、母が座っていた。

母は何も言わない。「え、凌馬もう起きてんの？　変なの、今日雪でも降るのかな」

軽口をたたきながらるりは洗面所へと消えていく。じゅっ、と、あつあつのフライパンが水に浸された音がした。

「お母さん……まだ家にいたの？」

琴美が、ばつの悪そうな顔をする。

「小春たちのお弁当が作ってあるから、てっきり、もう店に行ったのかと」

「朝早く目が覚めたときに作っちゃったの。今日は体調がよくないから、午前中は店を休もうと思ってね」

いままでもう一回寝てた、と目を一度閉じると、母は凌馬に言った。

「おはよう」

返事をする代わりに、凌馬の腹はぐうと鳴った。

空腹になると、あの浜辺を思い出す。父が迎えに来てくれるのを待っていたころを、ゴールテープも何もない浜辺をサンダルのまま駆け回っていたあおいの姿を、思い出す。

あのころの凌馬は、ピンと伸びるあおいの背筋を見ながら、いつだって父の迎えを待っていた。全身の中でタンクトップに覆われている部分だけが白くて、肩も鎖骨もまっくろに焼けていた。わざと皮のむけた部分を触ってくる父に向かって、痛い！　やめろ！　と喚《わめ》きながら夕暮れの帰り道を歩いた。

「母さん、十二日何してたの？　店休みだったけど」

自分で思っていたよりも、冷たい声が出た。母は何も言わない。

「……俺、朝飯いらねえから」

凌馬は弁当箱を二つ摑《つか》み、母を無視したまま学校へ行く仕度を始めた。母は、階段の一番下の段に腰を下ろしたまま、視線を動かさない。だけどそれは凌馬を見ているわけではない。母の視線の先にあるものは、たったいまできた小さな弁当だった。

◇

三者面談の日は、授業が午前中で終わる。一年生の三者面談は、三年生とは違った日程で行われる。三年生にたっぷりと時間をかけたいため、一年生は早めに終わらせてしまおうという魂胆らしい。

でも、それでよかった。くしゃくしゃに丸めて捨てたプリントの感触が、凌馬のてのひらに蘇《よみがえ》る。三年生の面談は、夏休み中に丸一日かけて行われる。はる姉にもるり姉にも、きっとまだ面談の予定を決めるプリントは配られていないはずだ。

つまり、母さんにもきっとバレていない。

「やべーよ俺どうすりゃいーんだよ期末の結果おふくろに見せてねーよ！」

遠藤は教室のカーテンにくるまって「期末試験は台風で中止になったからって言っちゃったよーおふくろ信じてたよーバカなのかなー」マジ無理マジ無理無理無理無理無理

無理、と遠藤は今日もうるさい。

「しかも俺、順番一番はじめらしいよ!?　担任のサッサと俺を終わらそうとしてる感やばくね？　昼休み終わって、すぐおふくろ来るとか意味わかんなくね!?　ていうか俺の進路とかどうでもよくね!?　どっちかってと四十近いのにいまだ独身の担任の進路心配するべきじゃね!?」

「あーもーお前うっせえなあー！」

カーテンをぐいぐいと引っ張ると、巻かれている遠藤はキャーやさしくしてーと喚く。同じ班の女子たちがせっせと教室の掃き掃除をしている中、二人は椅子があげられた机の群れの近くでだらだらしていた。「手伝ってよー」女子が何か言ってくるが、気にしない。あおいはこっちをちらりと見るだけで何も言わず、ちりとりでごみを集めている。「だってこれから俺のおふくろ来るんだぜ!?　掃除なんてできねーよ！」「意味わかんねーんだよその論理！」女子に怒鳴られた遠藤は、完全にカーテンの中にくるまってしまった。白い布の中に大きなイモムシがいるような気がして気味が悪い。

「早坂くんいる？」

いるいるここに！　と、カーテンの中から遠藤が叫んだ。ちゃんと掃除してるの？とあきれたように言いながら担任が近寄ってくる。声の主が担任だとわかったイモムシ遠藤は、「……」急に存在感を消した。

「早坂くん、三者面談のことなんだけど」

担任はクリアファイルの中から、タイムテーブルの書かれたプリントを取り出す。

「お母さん、結局どの日でも都合合わないのかな？」

「え、お前ずりい！　面談やんねえの!?」

カーテンの中から遠藤の声がして、担任がうんざりした表情を浮かべる。

「やっぱり店のほうが忙しいらしくて、予定合わないみたいっす。すいません」

「うーん、そっか、困ったな……」

担任は胸ポケットからボールペンを取り出した。困った表情をすると、担任はただの四十歳のおばさんだ。

「どの日も最後の時間帯以降を空けておくから、またお母さんに聞いてみてくれないかな？　お店閉めた後でもいいから」

そう言って担任が教室を出ていくと、遠藤がカーテンの隙間からぬっと顔を出した。

「わっキモッ」

「凌馬おめーうまいこと逃げたな……？」ギロリと睨《にら》まれる。「俺んち専業主婦だもんなー忙しくて来れませんは使えねーもんなー」遠藤はカーテンから出した首を上下にすーすー動かしながら喋《しゃべ》るので、余計気持ち悪い。「台風で中止になりましたって

のもう使えねーしなー」むしろそれ一回使えたのが奇跡だろ、と凌馬が遠藤の腹とおぼしき部分にパンチを繰り出していると、

「掃除、終わったから」

と、肩をたたかれた。あおいだ。

「力仕事まで女子にやらせるなんて、ホントダメ男」

ほらほら吉田見て見て！　遠藤がカーテンの隙間から出した首を高速で上下させるが、あおいはくすりともしない。

「お前、今日面談？」凌馬は弁当箱の入った手提げを持った。

「あたしは明日」

「じゃ、今日は陸部の練習？」

「うん。サッカー部と交代だから、グラウンド使えるの三時からだけど」

「昼飯まだ食ってないっしょ？」

「うん」

凌馬は声のボリュームを落とした。

「ちょっと屋上行こうぜ」

「絶対暑いからやだ」あおいは即答する。

「……いいから行くの」凌馬はうまい理由を見つけられない。

「何、デート？　俺も行くー！」遠藤はカーテンの中でぴょんぴょん飛び跳ねる。

「お前はもうすぐ面談だろ、残ってろ」

行かないであなたー！　という甲高い遠藤の声を背中でつっぱねて、凌馬は手提げを右手にぶらさげて足早に歩きだした。うしろからあおいがついてきていることは、手提げ確かめなくてもわかった。


「階段ですれ違ったの、絶対遠藤の母ちゃんだよ。八重歯と目がそっくり」

「私も思った」

屋上はやっぱり暑かった。一番気温の高い時間に一番太陽に近い場所に来る物好きはひとりもおらず、真っ白なコンクリートの上には二人の影だけが泳いでいる。「あっち行こ」給水塔の影になっている部分に、二人は並んで座りこんだ。

強い陽射しは避けられたけれど、むん、と沸き立つような熱気がある。すぐそばに海がないと、空気はこんなにも熱い。

「弁当」

座るなり、凌馬は手提げから二つの弁当箱を取り出した。浜辺にいれば、二人きりの時間、二人きりの空間なんてどうってことないのに、屋上だと急にどうしていいかわからなくなる。

「は？　え、何これ」

「俺とお前の弁当」

「作ったの？」

「作った」ほっとんど琴姉が、という言葉を、凌馬は飲み込む。

「お前、もうパンとかで昼すませるのやめろよ。そんなんじゃ部活バテるだろ。俺、お前の分の弁当作ってくるし」

「私、パンが好きなんだよ？」

「そういうのいいから」

ぴしゃっと凌馬が言うと、あおいは、小さいほうの弁当箱を、ず、ず、と自分のほうに引き寄せた。

「……ありがと」

「いや、ちっこいのが俺の。お前はこっち」

凌馬は、さっと大きな弁当箱をあおいに差し出す。

「それ、いつも凌馬が食べてるやつじゃん。凌馬が作ったのは、このちっさいほうでしょ？」

「そうだけど、俺がちっさいほうを食うの」

凌馬は小さな弁当箱をあおいから取り上げると、蓋《ふた》を開けて「いただきまーす」と手を合わせた。琴姉が丁寧に焼いてくれた卵焼きの黄色がまぶしい。

「私、こんなにおっきいの食べきれないよ」

「腹いっぱい食わねえと練習もたねえぞ」凌馬は手提げからペットボトルのお茶を取り出す。水面が白く泡立っている。

あおいは弁当箱の蓋を開けない。

「こういうの、今日で終わりね」

「え？」

「私のお母さんがお弁当作ってくれる日なんて、たぶん来ないから。毎日凌馬にこんなことさせるのも悪いし、私だって自分で弁当くらい作れるって」

ただ早起きができないだけで、と、あおいは小さく笑う。

「せっかく、凌馬にはお母さんに作ってもらえる弁当があるんだから、ちゃんと自分で食べなよ」

母親の作った弁当食べたくないなんて、どんだけ思春期なのよ、とあおいは苦笑している。飛んできたホイッスルの音が、二人を通り越してそのままどこかへ飛んでいった。サッカー部の練習が始まったみたいだ。

「私のことかわいそうって思ってお弁当作ってくれたかもしれないけど、大丈夫。私、ほんとにパン は好きだし」

「そういうことじゃなくって」

「わかってるって、凌馬の言いたいことは。だけど、変わらないことってあるんだよ。いくら必死になっても他人じゃ変えられないことなんか、この世にいっぱいある。たとえ相手が自分の家族でも。だけど、凌馬のとこは大丈夫だよ。ちゃんと話しなよ」

あおいはサッと手を伸ばして、小さな弁当箱を凌馬から奪った。「え、すごい、おいしそう。これほんとにあんた作ったの？」にやにやしながら箸を取り出し、いただきまーす、と小さな口を大きく開いた。

遠くのほうで、浜電のえんじ色の車両が走っていくのが見える。海の中から出てきたみたいに、車両がぴかぴかと光っている。

「十二日って、父さんが死んだ日付なんだ」

「知ってる。十二月だったよね」

「そう。だから、毎月十二日になると、けっこうみんな墓参りに行くんだ。小学生の弟でさえも自分で行ってる」

凌馬は、箸でつまんだままだった卵焼きを口に入れる。

「そんな日に、母さん、男と会ってたらしいんだ。父さんが作ってくれた店、放り出して」

琴美の作った卵焼きは、母が作るそれと、全く同じ味がした。

「はる姉が母さんに喚《わめ》いてんの、俺、聞いちゃったんだ。男と会ってたくせに、って。母さん、何も言わなかった。俺、聞いてらんなくて途中で部屋戻って……」

あおいは何も言わないで、卵焼きを咀嚼《そしやく》している。

「意味わかんねえって思って。父さん以外の男と母さんがって、考えただけで気持ち悪くて」

「私、さっき先生にメールしひゃ」

先生？　と凌馬が聞き返すと、あおいは口いっぱいにナポリタンを頬張っていた。

「ひょっと待ってへ」「……」凌馬はあおいがナポリタンを飲み込むのを待つ。

「ここに来るまで、あんたの後ろ歩きながら、先生にメールしてたの。あなたのバカな弟が、お母さんに三者面談隠してますよって。今日全員分終わったあとなら担任が時間取ってくれてるって、お母さんに伝えてくださいって」

あおいの言う「先生」が自分の兄を指していることを理解するまでに、凌馬は少し時間がかかった。

「……何勝手なことしてんだよ」

「教室掃除してるとき、担任と話してたでしょ。担任声おっきいから丸聞こえ」

ケチャップで汚れた唇を、あおいはぺろりとなめた。

「でも、こうやって返ってきたんだよ、メール」

あおいは制服のポケットから携帯を取り出すと、凌馬に向かって画面を開いた。

【今朝のうちに、三者面談のプリントを部屋のごみ箱で発見いたした。母上に献上済みである。吉田隊員も報告ありがとう。】

「あんたの兄ちゃん、なかなかやるよね」

スーツ全然似合わないけど、と付け加えると、あおいは少し頬を膨らませてふふ、と笑った。

「凌馬の夏服って、いっつも真っ白で、しわひとつないよね。先生のスーツだってそう。先生が着るにはもったいないくらい、ぴっちりしてきれい」

ほんとに全っ然似合ってないよね、スーツ。あおいはサラダを一口食べると、また口元をゆるませた。

「アイロンかけるのって、けっこう大変なんだよ」

そっか、と、凌馬はつぶやく。凌馬の白いカッターシャツを、鳥の影が横切っていった。

「私、早く大会で一位取れるようがんばろ」

へえ、と凌馬は相槌《あいづち》を打つ。

「私、別に、自分のお母さん嫌いじゃないんだよ。確かに妹はかわいくて、頭もいいから、妹に肩入れしたくなる気持ちだってわかるし。それに、妹に自分の時間を割きたいだけかもしれないけど、私にカテキョ雇ってくれたし」

おいしいおいしいと言って、あおいはあっという間に弁当をたいらげてしまった。

太陽がゆっくりと空を歩く。二人を覆っている給水塔の影が少しずつ、動く。

「お母さんってさ、生まれたときからお母さんなんだよね」

「ん？」

横目であおいを見ると、あおいは弁当に使われていた銀紙を小さく小さく折りたたんでいた。

「私の親、学生結婚だったの。私、お母さんが二十二のときの子なんだって」

「え、そうなの？」

凌馬が大きな声を出すと、あおいは「意外だよね」と一回瞬きをした。「真面目そうに見える人のほうが早い、ってやつかな」あおいが足を伸ばすと、制服のスカートのしわが目立った。

「私はいま十六歳でしょ。六年前は十歳じゃん。見た目は変わったかもしんないけど、心の中は十歳のころからなーんにも変わってない。十歳のころ、十六歳なんて超大人に見えてたよ。家に遊びに来てたころの先生とか、完全に大人のお兄さんだったし」

「先生？　あ、兄貴のことな。紛らわしっ」

「六年後、二十二歳になっても、たぶん変わんないんだろうなって思うよ、私。十歳と十六歳の私が何も変わらないみたいに、二十二歳の私もきっと今と同じ」

凌馬には、あおいが何を言おうとしているのかわからなかった。

「でも、そんなのみんなそうなんじゃねえの」

「うん。でも、そうやって考えると、お母さんがお母さんじゃなくなる。私、六年後の自分に子どもがいるなんて考えられない。だってずっと心は十歳のままなんだもん。たぶん、お母さんもそうだったんだと思う」

ん、と、凌馬はうなずく。なんとなく、言っていることがわかってきたような、まだ全然わからないようなもどかしい気持ちだ。

「お母さんって、私が生まれた瞬間にお母さんになっただけで、これまでもずっとお母さんだったわけじゃないんだよね。私みたいに、まだまだ自分は子どもだって思ってるときに、いきなりお母さんになっちゃうんだよ。なり方も、これからどうしていいかもわからないときにいきなりだよ。ふと気付いて足元を見たら、線の向こう側に立っちゃってるの」

あおいは耳に髪をかける。

「だから、しょうがないんだよ、きっと」

あおいは弁当箱に蓋《ふた》をした。

「大人になる瞬間なんて、ないんだよ」

そう言うあおいの声はとてもやさしくて、凌馬は隣を見ることができない。

あおいが許すことができている何かを、俺はまだ知らない。凌馬はそう思った。

浜電が、逆方向から走ってきた。あのえんじ色は、海のない新宿へと向かっている。

凌馬は携帯を開いて時刻を確認する。

「……三者面談の最後の人って、終わるの何時だっけ？」

「二時半じゃなかったっけ？」

「陸部の練習は？」

「三時から」

「……じゃあさ」

「いるよ。凌馬のお母さん来るまで、ここで一緒に待ってる」

ごちそうさまでした、と、あおいは丁寧にてのひらを合わせると、弁当箱を返してきた。そのまま伸ばしたひざをたたんで体操座りをするのかと思ったら、「ちょっと足首持ってて」と言われ、ごろんとコンクリートの上に寝転んだ。顔が影の部分から出てしまって、とてもまぶしそうにぎゅっと目を瞑《つむ》っている。

「食べたらトレーニング、腹筋腹筋」

「……あおいさあ」

「何？　女らしくないって？」

「兄貴だけはやめとけよ」

「は⁉」あおいはすさまじく素早い動きで起き上がった。

「何メアド交換までしてんだよ！　引くわ！」

「いや、それは、私が勉強でわかんないとこをいつでも聞けるように」

「お前に勉強でわかんねえとこなんてねえだろ！」

あおいは、う、と言葉を詰まらせて、ばたんとコンクリートに寝そべった。「私もう今日ダメだあ」腹筋はたったの二回で終わった。凌馬は自分の中で急激に萎《しぼ》んでいく何かを感じながら、もう一度時刻を確認する。

二時半になったら、母さんが来る。三者面談が終わったら、今思っていることを、全て話そうと思った。それと、弁当はやっぱりおいしかった、っていうことも。

三女　るり

◇

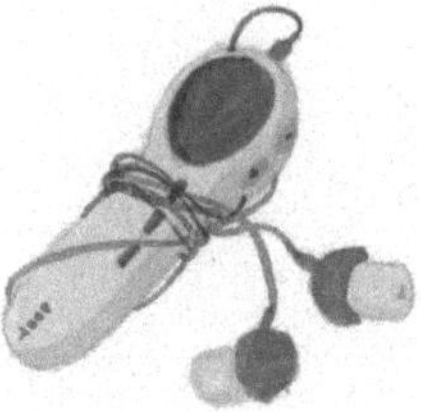

凌馬の肩をつかみながら、るりは言った。

「凌馬、お母さんにちゃんと謝ったの？　店でのあの態度はないと思うよ、私」

「ああ、もう和解したよー。ボロボロの三者面談で新たに亀裂が走ったけど……」

「え、仲直りしたの？」

「んだよ聞いといてその意外そうな感じ」

「いや、まだつんつんしてると思ってたから……」

「俺もそこまでコドモじゃないっすよー。でも、あのことについては何にも教えてくれなかったなー」

凌馬はだらしなく語尾を伸ばしながら、すいすいと自転車をこぐ。後ろにるりが乗っていることなんて関係ないように、急にスピードを上げたりする。男子ってみんな二人乗り得意だよな、とるりは思う。自分なら、こぎ出す時点でかなりぐらついてしまう。

「あのことって何？」

「だから、あの男の人のこと」凌馬はでっかいあくびをする。

「男の人？　何それ誰？」

「あれっるり姉知らねえの？」

マジでー、と言いながら凌馬は一瞬こちらに振り向いた。「危ない危ない前見てよ！」るりがバタバタと暴れると凌馬はけらけら笑う。こんな道、目つむってても大丈夫だってー、と、凌馬はさらにスピードを上げる。

朝、鞄《かばん》を持って家を出ようとすると、凌馬がにやにやしながら後をつけてきた。駅までチャリ乗せて、とウィンクをする凌馬を、るりは一度華麗に無視した。昨日遠藤とジャン負けしてさあ、その罰ゲームがこの真夏に「家まで走って帰る」だったんだぜえ、と勝手に話し出した凌馬を背に、じゃんまけって何だろうとるりは思った。

結局、凌馬に運転してもらってよかった。すいすい進む夏の朝は、流れる温水プールみたいで気持ちいい。普段ならこのあたりでもう、じっとりと汗ばんでしまう。

「はる姉があんなに大きな声で喚《わめ》いてたのに、聞こえてなかった？」

「……ちょっと家の中の空気がいつもと違うな、とは思ってたけど……」

「え～、あ、もしかしてあのとき寝てた？　あ、ラジオ聴いてたのか」

肝心な部分を避けて話す凌馬の背中をるりはグーで殴る。「そんなことされると運転に集中できねえや～」と、凌馬はるりをからかうように蛇行運転をする。慌てるるりが面白いみたいだ。

「あ、じゃあ俺が母ちゃんにキレてたのも、意味わかってなかったってこと？」

るりは、「早く言え」とスプレーでぱきぱきになっている凌馬の頭を手のひらで押さえつけた。やめろお！　と本気で慌てる姿から見て、この攻撃が一番効果的みたいだ。

わが弟ながら、男子といういきものがわからない。ついこの間まであんなにもイライラしてたのに、店で母の手を振り払ったときはあんなにも怖い顔をしていたのに、もうからっと笑っている。女心は何とかっていうけど、男心こそわからない。男心っていうか、男子心っていうか。

「つーか、わけもなしに俺あんなキレないって！」

「だからそのわけを早く教えてよ」

「琴姉はお見通しだったんだけどなー、あ、兄貴も真歩も言ってたんだけど、琴姉ってもしかしてエスパー？　バレるはずないことが琴姉には見抜かれるんだって！　はる姉もそんなようなこと言ってたし！」

「エスパーって……きょうだい皆そろってバカみたいなこと言うのやめてよ」

「るり姉はまだあの力知らないだけだって！　マジでエスパー！　いつかるり姉もいきなりスリーサイズとか当てられるからな。ほらほらこんなこと言ってる間に駅ついた」

　ぐっと急ブレーキをかけたので、るりは凌馬の背中に頭をぶつけた。「股間《こかん》がいてえっ」凌馬は自転車からひょいっと降りる。途中からやけにスピードを上げるなと思ったら、こいつ、お母さんに怒っていた理由を意地でも話さないつもりだったんだ。こういうところ、男子ってやっぱりただのガキだ。

「チャリサンキュー！　あ、あとまたいいインディーズの曲とかあったら教えて！」

遠藤がるり様の選曲には外れがないってベタ褒め」

「はいはい」遠藤の悩みの無い顔が思い浮かんで、るりはちょっと吹き出しそうになる。

「つーかるり姉も電車通学にすればいいのに。他校のミニスカート見放題だぜ？」

「……そういうやつがいるから嫌なのよ」

「自意識過剰！　じゃな、ありがと」

「あおいちゃんによろしくね」

あおいちゃん、とるりが言った途端、あんなにニコニコしていた凌馬は急にぶすっとした表情になり、駅方向へ振り向くときに小声で「くそあにき」と吐き捨てた。本当に、男子は何を考えているかわからない。

るりはまたサドルに跨《また》がり、鞄の中から音楽プレーヤーを取り出した。小さなときから使い続けているものだ。本体にくるくると巻きつけていたイヤフォンを伸ばしていると、聞きなれた声が肩甲骨のあたりにぶつかった。

「仲のいい姉弟《きょうだい》ねー。朝から二人乗りなんて」

るりは相手が誰か確認もせずに答える。

「あんただってそのきょうだいの一員でしょう」

「きょうだいってかむしろ双子？」

小春は真っ赤な自転車からたった今降りたようで、スカートがしわくちゃだ。足元はひまわりの飾りがついたサンダル。寝坊するくせにしっかりと作られた顔。彼氏からもらったというピンキーリング。アネッサの日焼け止めをぬっているから、肌がキラキラと光っている。あとからあとから何を追加しても、素材は自分と全く一緒だということが分かる。

「あ、まーたそれで録音したラジオ聴くの？」別にいいでしょ、と口を尖《とが》らするりに、いまどき深夜ラジオ録音してる女子高生なんて聞いたことないって！　と小春は笑う。

「あ、それより」るりは、自転車置き場に向かおうとする小春を呼び止める。「凌馬が言ってたんだけど、最近小春何かあったの？」

「えー？」小春はふざけたような声を出しながらこちらを見た。

「小春がお母さんに喚いてた、みたいなこと言ってたのよ、凌馬。あいつ、最近お母さんに対して反抗的な態度とってたでしょ？　その原因にも関係あるみたいなんだけど」

「あー……そういやあんときあいつ玄関まで下りてきてたっけ」やっちまったなーあたし、と頭をかく小春の様子は、凌馬のそれにそっくりだ。

「私何も知らないんだけど」

「んー……」小春は言いにくそうに視線を逸《そ》らす。何かを迷っている様子だ。

「私だけ知らないの気持ち悪いから、言ってよ」

「まあ、話したところで気持ち悪いと思うんだけどさ」小春は一回唾《つば》を飲み込むと、真剣な表情をして言った。

「あたしがね、見ちゃったの。十二日、お母さんと知らない男の人がふたりで食事してるとこ」

「え？」

るりは思わず声を漏らした。

「十二日、いつもみたいに佑介と山行ってさー……お父さんと話してこようと思って。あ、そういや真歩にも会ったなそのとき。よくわかんないチャラい男といたけどー」

小春は墓参りのことを「ちょっと話してくる」と言う。その感覚は、るりの中にもちゃんと存在する。

「それでね、佑介のバイクで行ったんだけど、その途中に見ちゃったの。ほら、でっかい交差点にファミレスあんじゃん、二十四時間営業の」

「ある」

「そこで、ぴしっとしたスーツの男の人と、お母さんが向かい合って座ってたんだよね。十二日にだよ？　お母さんもなんかちゃんとした服着てたし？　なんかイラーっときちゃって。その日の夜、爆発しちゃった」

あ、でも、と小春はフォローするように続けた。

「でもあたしが思ってたようなことじゃなかったみたいだけどね。よく考えたら場所もファミレスだ。まあ詳しくはわかんないんだけどさ。あたしが夜中ギャーギャー騒いだから凌馬も起きちゃったみたい。るりはラジオ聴いてたからわかんなかったかもしんないけどー？」

さっきの凌馬のちゃらけた語り口は、あいつなりのやさしさだったのかもしれない、とるりは思った。誤解が生まれるようなことを伝えるべきかどうか、あいつはちゃんと考えたうえで自転車のスピードを上げていたんだ。

「ま、そんなとこ」と小春が自転車から鍵《かぎ》を抜いたとき、カンカンカンとサイレンのような音が鳴りはじめた。踏切のバーがゆっくりと下がっていく。「やばっ電車きた！　これ間に合わない！」小春はさらさらの髪の毛をなびかせてホームへ走っていく。絶対間に合わないだろうな、と思ったけど、るりは何も言わない。

小春は、制服の着こなしもメイクも、全身をめいっぱい使って校則を破りまくっている。

るりはメイクをしない。絶対にしない。

連ヶ浜駅にえんじ色の電車が到着する。電車で一駅四分、自転車で二十分。るりはいつも通学に自転車を使う。夏は学校に着くまでに汗だくになってしまうし、いくら日焼け止めを塗ったところで全身真っ黒に日焼けしてしまうけれど、それでも自転車を使う。

ぷしう、とドアが閉まる音がしたと思ったら、もう一度ドアが開いて、ぷしううう、とまたドアが閉まる音がした。ホームに誰もいないところを見ると、閉まりかけたドアに小春が足でも突っ込んだのかもしれない。凌馬が他人のふりをする姿を想像して、るりは一人で口元を緩ませた。

手に持ったままだったイヤフォンのLとRを確かめる。車の音に負けないように、ボリュームを大きくする。そろそろタイヤに空気入れなきゃダメかな、と思いながら、ぐ、と、力を込めてペダルを踏み込む。今日も絶好調の陽射しに、るりは顔をしかめた。

小春が悪あがきをしたであろう電車が去り、踏切が上がる。かたかたと跳ねるようにして踏切を越えると、そこには「海通り」と呼ばれる連ヶ浜町で最大の大通りがあり、その向こうには海がひろがっている。踏切を越えたあたりから圧倒的な青が顔を出す。

病院の階段の踊り場、できるだけ障害物を避けてこいだ自転車のペダル、タッパーの入ったトートバッグの重さ。海を見ると、いろんなものがほんの少しのさみしさと共に浮かんでくる。だから、この踏切を越えるときはいつも、一瞬だけ、目を閉じたくなる。

両耳から流れ込んでくるパーソナリティの聴き慣れた声が、うずまき管をするするとすり抜けてくる。店を手伝っているとき、確かに思った。お母さん、かなり疲れているみたいだった。元気がないとかそういうことではなく、ただ疲れていた。そんな中であんな態度をとった凌馬に対して、るりはかなり腹を立てていた。

だけど、とるりは思う。

小春は、十二日の夜中、母に対して怒りをぶつけてしまったと言っていた。それを聞いた凌馬もまた、母にキレたと言っていた。だけど、るりが感じていた母の疲労感は、もっともっと前から続いている。小春や凌馬の態度とは関係なく、母はやつれていた。最近は、体調が悪いと言って午後から店に出たこともある。そんな母を助けようとるりは毎日店に立ったが、母の疲労は日に日に増しているようだった。また、母はるりに店を手伝うことを許しても、決してレジには立たせようとしなかった。

海の青と、空の青と、道路標識の青。いまこの瞬間、頬が少しずつ小麦色に焼けている気がする。汗ばんだ背中とシャツの間に、海風が入り込んでくる。

いつからだろう、店にいる間、母の口数が少なくなっていったのは。あれは確か十二日よりも前、ブラウンおじいちゃんが店に現れなくなったあたりだったような……あ、と、るりはウォークマンのボリュームを上げる。深夜ラジオの二時間番組が、るりの大好きなコーナーに差し掛かった。プロを目指すアマチュアのシンガーソングライターたちが自分たちの曲を競い合う、オーディションのようなコーナーだ。リスナーの人気投票で順位が決まり、上位は番組のジングルに使用される。中にはこのコーナーをきっかけにしてインディーズデビューを果たしたバンドもいて、いまはそのバンドに凌馬や遠藤がハマっているみたいだ。

高校までもうあと十分くらいだろうか。がたがたと音をたてて、えんじ色の車両がるりを追いぬいていく。中には白と黒の制服を着た高校生がたくさん乗っていて、冷房が効きすぎてむしろ寒いのか、車窓がいくつか開かれている。自転車をこいでいると、その冷房がとても恋しい。

いま彼氏とは遠距離なんですが、とパーソナリティがリスナーからのメールを読みはじめたときだった。

今日もいる。

るりは自転車のスピードをゆるめる。強い風にもてあそばれる黒髪を左耳にかける。視界に邪魔なものがなくなると、光を生み続けるように波打つ海だけがそこに現れた。いつも見かける、茶色いショートカット。スカートからだらしなく出た白いカッターシャツに、細くて筋肉質な脚。松浦ユリカ。

るりは景色を楽しむように、自転車のスピードを落とす。あの子、二日に一日はいるな。イヤフォンから流れてくる歌に耳をすましながら、少しずつ大きくなってくる松浦ユリカを凝視する。今日も浜辺に素足を投げ出して、海を見ている。ろくに学校にも来ないのに、成績はトップ。ろくに練習もしないのに、陸上部のエース。ショートカットで長身、隣のクラス、だけど大体保健室。友達らしい友達がいるのかもわからない。学校の生徒たちは彼女について好き勝手にいろんなうわさをしているけれど、たぶん、毎朝この浜辺にいることはあんまり知られていないだろう。わざとかどうかはわからないけれど、松浦ユリカはいつも電車からは見えない位置にいる。

向かい風が強い。一瞬、前に進もうとする力と向かい風がぶつかりあって、ゼロの中にいるような感触がした。るりは視線を左に向けたまま立ち上がり、全力でペダルをこぐ。

こうして見ていると、あの浜辺だけ、時計が機能していないように見える。あれが朝陽でも夕陽でもうなずけるし、松浦ユリカは永遠の高校生だと言われても信じてしまいそうだ。あそこに座って腕時計を外せば、いまが何時であろうと、いま世界で何が起きていようと、自分には何の責任も降りかからないような気がする。

ぶわっ

と一瞬、耳を覆うような音がした。左耳からイヤフォンが取れた、と思ったら、強風に搦《から》めとられるようにして右耳からも取れてしまった。るりはあわてて自転車から降りる。イヤフォンが自転車のタイヤに巻き込まれてしまっている。

「さいあく……」るりはその場にしゃがんでイヤフォンの救出作業をしようとするが、また強い風が起こり、今度は自転車そのものが倒れてしまった。「もう!」一人で怒りながらカゴから放り出された鞄《かばん》を拾い、自転車を立て直す。もう、イヤフォンはぐっちゃぐちゃだ。もう一度その場にしゃがみこむと、また浜電がそばを通り過ぎていった。二本目なんてめったに抜かれないのに、と思っていると、上から下から風が吹いて、髪の毛もスカートもめちゃくちゃになった。「ほんとさいあく……」本体だけ残ったプレーヤーを握り締めたとき、急に、何かの影に包まれた。

「あーこれダメっぽいね」

真上から、凛《りん》とした声が降ってくる。

「多分イヤフォンもう取れないって。あきらめて学校行ったほうがいいんじゃない？」

背を反るようにして視線を向けると、そこには逆光で中身を失った輪郭だけの人の形があった。風に揺れる髪の毛が、いつもより明るい色に見える。

「……でも、もったいないし」

「早坂さん頭かたいなー。新しいの買えばいいじゃん」

早坂さん、と呼ばれたことに少し驚く。一度も話したことはないはずだ。それなのに名前を知られている。

「あ、でもこのままペダルこぐとまた絡まって危ないから――」

ユリカはそこで言葉を切ると、えいっと思いっきりイヤフォンを引っ張った。ボタンが取れるかのように、イヤフォンは簡単にちぎれた。

「もろっ！　これずっと昔から使ってるでしょ？」

ユリカはそう言うとイヤフォンを道端に捨てた。呆気《あっけ》なかった。るりは一言も発することができなかった。

「わーごめん、でもしょうがないよね古かったし、新しいのに替えなよ。早坂さんて物持ち良さそうだよね」

早坂さん、とまた呼ばれた。でも私だってこの人のこと知ってるし、と思ったが、やっぱりどこか釈然としない。

カラカラ、と音がする。ユリカが動くたびに聞こえるその不思議な音も、るりのことを不快にさせた。

「じゃあ私、行くから」

目を合わせることもなくサドルにまたがる。頭がかたいだのアナログだのと言われて、にこやかに会話をしようという気にはならなかった。

いきなり、後ろからがしっと肩を摑《つか》まれた。「カバン、カゴによろしく！」続いて、ほとんど何も入っていないような学生鞄が飛んでくる。るりは何も言わず、身を乗り出すようにしてペダルをこぎ始めた。自転車がぐらつきながらもゆっくりと走り出す。

「乗っけてってー学校まで！」

「危ない！　スピード遅すぎじゃね？」るりは答えない。

頰を撫《な》でていく風に紛れるようにして、後ろから煙草の煙の匂いがした。伯父《おじ》が吸っているものと同じ匂いだ。

それなのに、全然かっこよくない。

「危なすぎ！　乗ってられないこれ！」

足の裏を地面にこすりつけるようにして、ユリカが自転車を止めた。るりは意地でもペダルをこぎ続けてやろうと思ったが、ひょいと自転車から飛び降りたユリカに腕を握られる。

「代わって。あたし二ケツ得意だから」

ユリカの運転は、まるで向かい風と向かい風の隙間を器用に縫い合わせているみたいだった。自転車の二人乗りがうまい人って、人生のいろんなことをうまく操れる気がする。るりは凌馬の日に焼けたうなじを思い出した。

ペダルをこぐたびに、やっぱりユリカからはカラカラという音が聞こえてくる。

「チャリ気持ちーね。あたしもチャリ通にしよっかなーてかサドル低くね？　こんなもん？」

ユリカのすらりとしてよく焼けたふくらはぎには、るりは知らないような筋肉がついている。交差点を左に曲がりながら、ユリカはくわえていた煙草を道端に捨てた。

首を横に振って煙草の匂いを振り切りながら、るりは思った。

いまわかった。私、この子のことぎらいなんだ。

母のてのひらはとっても小さい。けれど、たぶん、魔法が使える。小さなころからずっと、るりはそう信じている。どんなに悩んでいるときでも、どんなに落ち込んでいるときでも、お母さんの作る料理を食べれば、そのときだけでも胸のもやもやはなくなった。食事をすると人間は体温が上がる。それはただ血液の循環がよくなるとかそういうことではなくて、きっと、悲しさやさみしさで冷え切ってしまった体のなかに、「おいしい」という、幸せに直結した感覚がしみこむからだ。るりは、耳がちぎれそうなほど寒かった十二月十二日に、そう確信した。

◇

純喫茶「星やどり」のキッチンには、今日も母が立っている。「小空」と呼ばれる星型の天窓から、液状化した夏の夕方がとろとろと流れ込んできている。

伯父はまだ店に来ていないみたいだ。店内では、何やら若いカップルがひとつの音楽プレーヤーをふたりで聴きながら盛り上がっている。ホントだホントだ、という声が聞こえる。その他は、五十代くらいの夫婦が一組。客は四人だけだ。

「るり、今朝、凌馬と二人乗りしてたんだって？」

「え？」

母は銀のナイフをタオルで拭《ふ》くと、笑い交じりに言った。

「ほら、商店街の、床屋の羽賀《はが》さんが見たって言ってたのよ。羽賀さん、昼ごはん食べにきてくれたんだけどね、朝から騒がしい二人乗りだと思ったらおたくんとこの二男とるりちゃんだったよって」

「見られてたんだ。ちょっと恥ずかしい」

「あの人、凌馬の名前は覚えてないのよね、そこが羽賀さんらしい」

二人乗りは危ないからね、と、母親らしい言葉はおまけのようについてくる。ていねいに切り分けられていくアップルパイは、魔法をかけられたみたいにつやつやとしていて、シナモンの香りが食欲を後押ししてくれる。洋なしのケーキは、ブランデーで甘く煮込んだラフランスがたっぷりとつまっていて、一口嚙《か》むごとに果汁があふれでてくる。デザートのケーキの厚さのぶん、ひとは幸せな気持ちになれるとるりは信じている。

八等分されたケーキは、店の入り口の正面にあるディスプレイに収められる。「星やどり」の名物はビーフシチューだけど、食後のコーヒーとデザートの評判もいい。

動線が短く、洗いものをしながらコンロも見られる木製のL字型キッチンは、父が作った。シンク下のオープンスペースには食器の収納ができる。この喫茶店はお父さんがこれまでリフォームしてきたものの中でも最高傑作なの、と母から何度聞かされたかわからない。いつのまにかブラウンおじいちゃんの特等席になっていたブランコ形の椅子、テーブルランプは母の趣味のステンドグラス、長い時間太陽の光を取り込むために縦長に設計された窓。

いたるところに父のやさしさがぽつぽつと灯《とも》っていて、「星やどり」はいつも明るい。

カランと涼しげな音がして、新たな客が入ってきた。「いらっしゃいませ」とドアを見ると、伯父が小さく手を上げている。「ここいいか？」返事も待たず、伯父は若いカップルから離れた席に座る。いつもの煙草の匂いがして、一瞬、るりの頭に茶色いショートカットが浮かんだ。

「そういえば律子、凌馬のヤツ、俺に試験の結果見せてきたぞ」伯父は灰皿を手元に寄せた。律子とは母の名前だ。

「あの子、つい最近まで隠してたのよ……私、この前の三者面談でいきなり見せられて、先生の前なのにびっくりしちゃって」まああれいきなり見せられたらびっくりするよな……、と、伯父は眉《まゆ》をひそめた。

「小春も隠してたでしょ？」るりがそう言うと、母は力なくうなずく。「あの二人、大丈夫なのかなほんとに……」

「塾の先生お願いこれどうにかしてー！　って、友達つれて駆け込んできたよ。あいつは友達もやかましいんだな」

ダッシュで山道を駆け上る凌馬と遠藤の様子がはっきりと想像できて、るりはふきだしそうになる。

伯父はいつも通り、苦めの自家焙煎《ばいせん》コーヒーを頼む。母は、コーヒー豆を自分で焙煎する。「コーヒーのおいしさは、ほとんど焙煎で決まるのよ」その言葉通り、焙煎は誰にも手伝わせない。

キッチンの隅で、母は直火式焙煎機に向き合っている。「豆が焦げやすいんだけど、持ち味を引きだすには直火式が一番なんだ」るりは昔、父がそう言っていたことを思い出した。父はコーヒーが大好きだった。設計図や文房具が散らかる机の端には、いつも母が淹《い》れた苦めのコーヒーがあった。小さなころ小春とぺろりと舐《な》めてみたが、顔がくしゃくしゃになるくらいおいしくなかった。

焙煎した豆は、ネルドリップ式で淹れられる。この淹れ方は、店を手伝うようになって数カ月したある日、母が教えてくれた。るりもこれができるようになってくれたらありがたいから、と、母は目じりにしわを作った。お客さんがあまり多くないときには、母が自ら行う。ネルフィルターに中挽《び》きした豆を入れ、その中心へと雨だれのようにぽたぽたとお湯を落としていく。

お湯のしずくを見つめる母の瞳《ひとみ》が、とても暗い。

最初の一滴がグラスポットに落ちたら、落とすお湯の量を増やしていく。少しずつ速度を上げながら、円を描くように、泡を浮かび上がらせるようにしてお湯を落とす。グラスポットにカップ一杯分抽出できたら完成。母はこうして一杯ずつコーヒーを淹れる。店の前に掲げてある小さな黒板にも、「自家焙煎コーヒーは一杯ずつ淹れるため時間がかかります。ご了承ください」という手書きの文字がある。

伯父にコーヒーを運ぶ母の横顔を見て、るりは何か嫌な気持ちが胸をかすめるのを感じた。

あの母の表情を、目の下の影を、しわの入り方を、私、絶対に見たことがある。

「お母さん」

思わず、声が出た。

「何？」

母はやさしく微笑んでいるけれど、その奥にある暗い何かを隠しきれていない。

「……ブラウンおじいちゃん、来なくなっちゃったんだね。今まで毎日来てたのに」

空いているブランコ形の椅子を見つけてしまったるりの脳は、そんな言葉を口から押し出していた。

「そうね」

お母さん、ともう一度言ってみたけれど、母は聞こえていないようだった。もう一

度口を開きかけたとき、

「どうもー」

とのんきな声がドアから聞こえてきた。

「あ、史郎さんこんにちは。いらっしゃってたんですね。相席してもいいですか？」

孝史は返事を待たずに伯父《おじ》の向かいの席に「ふう」と座る。白いTシャツにブルージーンズというラフな服装だからか、警察官の格好をしているときよりも少し華奢《きゃしゃ》に見える。

「孝史さん珍しいね。今日は琴姉が夜遅いの？」

るりは孝史にお冷やを持っていく。メニューはいらない。孝史は決まってビーフシチューにメガ盛りライスだからだ。凌馬と遠藤が生み出したメガ盛りは孝史のお気に入りでもある。

「そう。今日は僕が早上がりなんだ。それにしてもお腹すいた」

ビーフシチューとメガ盛りで、と、いつものセリフを聞いてから、もう夕飯の時間なのか、とるりは思った。小空から見える空はまだまだ夕方のようだけれど、時計の針はもう六時二十分を指している。

「小春の彼氏、今日も駅で歌ってた？」

「歌ってたよ。立ち止まって二曲くらい聴いちゃったよ。けっこういい声だよね」

「私、まだ聴いたことないんだよね。孝史さんがけっこういいっていうから、早く聴いてみたいな」

「すぐに聴けるよ？　るりちゃんもパトロールすればね」

何言ってんだお前、と伯父に突っ込まれても、孝史はにこにこ笑っている。孝史は、伯父の冷たい態度に一切動じなかった数少ない人間だ。

キッチンに戻ろうとすると、またあの若いカップルがそわそわしていた。彼氏のほうが何か話しかけてきそうだ。もうこちらから声をかけようか、と思ったとき、また店のドアが開いた。今度は、孝史のときよりも数倍の勢いで。

「早坂さんじゃん」

カラン、というドアベルの音をかき消すくらいの大声が、店内に転がりこんできた。伯父が眉をひそめるのが気配でわかる。

「何、早坂さんバイトしてんの？　ダメじゃんうちの高校バイト禁止だよ」

空いてるとこ座っていい？　と勝手に歩き回るジャージ姿の松浦ユリカを見て、るりは彼女が陸上部員であることを思い出した。トレーニングでもしていたのだろうか、額にはうっすらと汗をかいている。

「え、ていうか！」ユリカは急にまた大声を出した。

「パトロールじゃん！　あたし今授業サボってるわけじゃないんだから説教すんのや

めてよね！」

「せっかく早上がりだったのにめんどくさいのに遭遇したな……」

ユリカはカラカラと不思議な音を立てながら、うんざり顔の孝史に近づいていく。

「マジ、トレーニング中に会うなんてサイテー。私服警官てやつ？」

あからさまに迷惑そうな表情をしている伯父を気にも留めず、ユリカは隣のテーブルにどっかと座った。下のジャージを膝《ひざ》までまくり上げて、「早坂さん冷たいお水ちょうだーい」と上気した表情で頼んでくる。

「ていうかパトロールさん私服ダサいね。そのジーパンかなり穿《は》いてるでしょ？」

「うるさいなぁ君は。るりちゃんのために言っておくけど、これはバイトじゃなくてお手伝いなんだからな」

「るりちゃんて何？　何高校生にちゃん付けしてんの？　あとこの店のおすすめ何？」

「この店は本当に何でもおいしいよ。それはそうと、もう煙草吸ってないだろうね？禁煙するって約束したよな」この子吸いまくってるよ孝史さん。キッチンでグラスに水を注ぎながらるりは心の中でつぶやく。

「えー……実はさっきからそこのオジサンが吸ってるの一本欲しかったりして。あたしのと同じ銘柄なんだよね。オジサンそれ吸ってるとかハイセンス」るりは急いでお冷やをテーブルへ持っていく。伯父が怒りださないかと気が気じゃない。

目上の人をオジサンって呼ばないの、という孝史のことを気にも留めず、ユリカは一息でグラスを空にする。「あたしもビーフシチューにする。パトロールおすすめの」

るりは無言でオーダーをとると、さっさとキッチンへ戻った。

どうしてこの子がここに来るんだろう。るりが大きなため息をついたそのとき、

「あ……星やどりってそういうことか」

背後でユリカがつぶやいた。

「どういう意味だろって思ってたけど、すごい、天窓超キレー。雲がオレンジ！」

雨から身を守ることを【雨やどり】っていうだろう。だから、今にも落ちてきそうな星の光を受け止めるための【星やどり】。

「星やどりって店名、雨やどりにかけてんのか。そんで、こっから星を見られるわけね、すごいすごい、こんなのデートスポットじゃん」

癌が見つかってからすぐ、父はこの小空を作った。突然、天井に星型の大きな天窓を作りだした父を、小春とるりは肩を並べて見ていた。どうしていきなりこんなものつくるのー、と声を揃えるふたりに、父は何度もこう答えるだけだった。

いつかわかるよ。

いつか、わかる。

「あ、早坂さん！」

ユリカに声をかけられて初めて、るりは自分がその場に立ち尽くしていたことに気が付いた。

「ほんとは明日《あした》学校で渡そうと思ってたんだけどさ、ハイ」

ユリカは伯父の煙草を恨めしそうに見つめながら、何かをエプロンのポケットにねじこんできた。

「帰りに渡してもいいんだけど、あたし絶対忘れるから今のうち渡しとく」

ニヤッと笑ったかと思うと、ユリカはすぐに「腹へった腹へった」と騒ぎ出した。足をばたばたさせるたびにカラカラと音がする。自転車に乗っていたときにも聞こえてきた音だ。

この子は、煙草を吸っていることも、こうやって警察官と仲良くなるくらい問題を起こしていることも、きっと、かっこいいと思っている。

少しずつ暗くなり始めた空に、今日は星がひとつも見当たらない。

◇

夏の校舎に、ユリカのショートカットはよく似合った。

「おはよ！　またチャリ乗っけて」

「早坂さん数学の教科書持ってない？」

「あたしもチャリ通にしてみたーでも暑いから今日でやめる」

ユリカは学校でも事あるごとに声をかけてくるようになり、るりはそのたび周囲の友人から「あの子と友達になったの？」と聞かれる羽目になった。るりは毎回「なってない」と即答する。よく見るとユリカは髪を染めているだけでなくピアスをいくつもしていたし、廊下を歩いていても制服からは煙草の匂いがした。ユリカが一歩進むたびに聞こえるカラカラという音の正体は、誰も知らないみたいだ。

「あの松浦さんて子、あんま学校来ないよね。隣のクラスだけど、声聞いたの今初めてかも」

誰かとしゃべってるところも見たことないし、と、さほど興味もないように周りの友達は言う。ほんとにうちらと同い年なのかな、前ケーサツの人に連れてかれてるの見たことある、彼氏すっごい年上らしいよ――温度の低い会話たちがるりを飛び越してやりとりされる。るりは会話に加わらない。

生物室から帰ってきて、今日の最後の授業は体育。一時間離れていただけで、教室はまったりと暑くなる。もう男子はほとんど外へ出てテニスコートのネットを張っており、すでに何個かのボールがコートの外へ打ち飛ばされている。こんなに暑いのに体育館とか死んじゃうー、バレーボールって痛いんだもん、といつのまにか会話の中心がユリカからずれていく中、るりは足を止めた。

「ごめん、私次の体育休むからさ、先生に言っといてくれない？」

「あれ、るりどうしたの？　夏バテ？」

「夏バテっていうか、今日アレなの。いつもよりだるいし、保健室にいる」

そっか、お大事にー、と、友達は体操服の入ったトートバッグを抱えてるりから遠ざかっていった。るりは誰もいない教室の窓を全部開けてから、黒のポーチを握って保健室を目指す。

保健室のドアを開けると、案の定、そこには制服姿の小春がいた。

「るり、六限体育？」「うん。先生は？」「何かどっかいっちゃった。でも休んででていっぽい」さっきまでベッドに寝転んでいたのだろう、静電気で髪の毛が頬にはりついている。

同じ行動をとることに、もう二人は特に驚かない。

「ほんとあたしたちって同じタイミングにこういう日くるよねーしかもけっこうダルいっていう」

こんなの体育とか無理無理無理！　小春は長い髪の毛をかきあげながら立ち上がった。

「次古典で単語テストあんだよねー」小春は、迎えにくる友達を待っているようだ。

「なんか、保健室いつもよりあったかい？」

「あー、あたしが勝手に冷房調節したから。これくらいがちょうどいいっしょ」

「ね、いつも寒すぎる」

リモコンを手に取ると、そこには27℃というデジタル文字があった。家と店の冷房と同じ温度だ。

「ところでさ、お母さんちょっとやばくない？」

小春が、例の男の人のことを言っているわけではないことは、すぐわかった。

「店手伝ってて思うけど、すっごく疲れてるよ、たぶん」るりがそう答えると、小春はぐんと目を大きくした。

「やっぱり？　やばいよね、超疲れてますって顔に出てるもん。しかもさ」

「あの表情、今までにも見たことある気がする」

「るりも？　あたしも！」

やっぱ超双子、と言って、小春はもう一度ベッドに腰掛けた。

「あたし、最近のお母さんの顔、嫌なんだー……なんか、いろいろ思い出しちゃう。前もね、玄関であたしがキレた日も、お母さんすごく嫌な顔してた。あたし、癌が見つかってすぐ、お父さんが小空を作り始めたときかな、お母さん、あんな顔でお父さんのこと見てた気がするんだよね……」

あのときお父さんはニコニコ笑っていた。どうしてこんなもの作るの？　と聞くるりと小春に、いつかわかるよ、と繰り返しながらも、とても楽しそうだった。

だけどお母さんは違った。結末を知ってしまった本の背表紙を見るような目で、お父さんの指先を見ていた。

「最近の顔もね、わかんないけど、超見たくない。嫌な予感しかしない。何だろ、あれいつの顔だろ、絶対見たことある」

るりの言葉を待たずして小春は続ける。

「ファミレスでお母さんと知らない男の人見たときもね、今考えると、すごく悲しそうな顔してた気がする。あたし、カーッてきちゃったからガンギレしたけど」

「私も、絶対見覚えあるんだよね、今のお母さんの顔。小春もそうだってわかって、確信」

「小春授業始まるー！」大きな声とともに、保健室のドアがいきなり開けられた。古典小テストやばいよー！　と言いながら、小春たちはぱたぱたとスリッパを鳴らして駆けていく。廊下の壁に反響する足音がそこらじゅうに散らばって、やがて聞こえなくなった。

ベッドのシーツだけが、やけにつめたい。音声がオフになったように静かな保健室の中で、冷房が二十七度の空気を生み出し続けてくれている。

るりはひとりでベッドに寝転がる。頭の中身も横向きになって、いろんなものの境界があいまいになる。

昔は小春と似ていることがとっても嬉《うれ》しくて、二人で同じ髪型をして、二人で同じ服を着ていた。だけどあの日から急にそれが嫌になって、るりは自転車通学を始め、小春は化粧を始めた。るりと小春は、違う人間に、ひとりとひとりになりたかった。

ベッドの上、まどろんでいく意識の中で、カラカラという音が聞こえた気がした。

◇

中学生になっても、るりと小春は毎朝一緒に登校し、一緒にバドミントン部に入り、一緒に下校していた。なぜかクラスも同じだったので、友達も同じだった。同じ髪型、同じスカートの長さ、同じ靴ひもの色。同じグループの女の子たちがたまに名前を呼び間違うのが、二人はおかしくて仕方がなかった。

だまそうとすれば母でさえだますことのできる二人は、バドミントン部の活動のない火曜日と金曜日に、そろって父の病室に遊びに行った。お気に入りのお菓子やわからない宿題や、いろんなものを持って真っ白い病室に遊びに行った。

そこには、二人を絶対に見分けてくれる人がいた。父さんの目はごまかせないぞ、と三日月の形になる目があった。

その日、母は寝込んでいた。母は、父が入院してからずっと、店を一人で切り盛りしながら子どもたちの世話を見ていたので、ついに過労でダウンしてしまったのだ。お母さんだいじょうぶ、だいじょうぶ、と、小春とるりは毎日話しかけていた。もちろん「星やどり」は臨時休業となり、その日は祖母が子どもたちの世話をしてくれていた。

るりは、父のもとへ、一人でビーフシチューを届けに行くことにした。母の負担を少しでも減らしたかった。小春は美化委員会の仕事があるから後で行くと言っていた。花壇の掃除なんてめんどくさーい、と言っていたけれど、花摘んでお父さんにプレゼントしよ、とるりが言うと、小春は急にやる気を出していた。見た目はすごく似てるけど、小春のほうが私より素直なんだろうな。中学生のるりには、小春が持っている素直さがうらやましく見えた。

るりは、ビーフシチューの入ったタッパーをふかふかのタオルでくるみ、トートバッグの中に入れてから、自転車のカゴに入れた。カゴができるだけ揺れないように、ゆっくり、まっすぐ自転車をこいだ。海沿いの大通りに、白くて四角い病院はよく似合った。父の病室からは海を一望することができ、父の造った海の家が元気に営業している様子までよく見えた。

ヨンマルサン、ヨンマルサン、と繰り返しながら、るりは階段を上っていった。右肩にかけたトートバッグがずっしりと重かった。るりは病院に来るたび、エレベーターを使わずに、階段の踊り場にある大きな窓から海を眺めた。こんなに広くてきれいな海を毎日見てるんだから、お父さんの病気もすぐ治りそう。そう思いながら海を眺めた。

父の病気が治ると信じて疑わなかったころ、夕陽に照らされてオレンジ色に光る海は、世界のどこにでもつながっている大陸のように見えた。

あの日のドアノブの冷たさを、るりはいまでもはっきりと覚えている。トートバッグの底に残ったシチューのあたたかさも、片方だけ留められていなかったカーテンのゆらめきも。

「おとーさーん、シチュー持ってきたよ」

父の病室はいつも通りだった。真っ白なベッドに、上半身だけ起こしている父。つけっぱなしのラジオ、地元のFM。るりが今でも大好きな局。

「今日もシチューめちゃくちゃおいしそう。来る途中、食べたくなっちゃった」

いつもと違って、一回家に帰って服を着替えたからだろうか。いつもの制服姿ではなかったからだろうか。

「でもまだおなか空《す》いてないよね？　まだ五時前だし、ここに置いとくね」

いつもより元気な声を出したからだろうか。勢いよくドアを開けて、びっくりさせてしまったからだろうか。

「今日も海きれいだね。夕陽がおっきくてまるいよ。外出していいなら、散歩しない？」

一人で行ったからだろうか。普段はしないポニーテールだったからだろうか。

理由はたくさんあったかもしれない。今となってはもう、わからない。ただ、父はいつもみたいにやさしく目を細めて、はっきりとこう言った。

「ありがとう、小春」

窓の向こう側にある夕陽が、すとんと、海の裏側に落ちていったかと思った。

るりは喉《のど》をぎゅっと握りしめられたような気がした。スニーカーの裏にぴっちりと粘着剤がついてしまったように、その場から動けなくなった。小春と色違いのスニーカー。私がブルーで、小春がピンク。父に買ってもらった色違いのスニーカー。靴ひもは二人で合わせた、白。

「小春？」

世界でたった一人、完璧《かんぺき》に見分けてくれる人だった。どれだけ似せても、父だけは絶対にるりと小春を見間違うことはなかった。ふと気づくとるりは、病室を飛び出し跳ねるように階段を駆け下りていた。途中、るりと同じように海を眺めながら階段を上ってくる小春とすれ違った。二人はエレベーターを使わない。こんなところまで一緒なのだ。横に流れていく視界が一瞬だけ、小春の右手に握られている色とりどりの花々を捉《とら》えた。

★★★★★

「あ、起きた」

るりががばっと上半身をあげる。ユリカはチュッパチャプスをくわえてベッドに腰掛けている。

「早坂さんも体育サボり？　あたしも。今日は体動かす気分じゃないんだ」

ハイ、と、ユリカはポケットからもう一本チュッパチャプスを取り出したが、るりは受け取らない。「あれ、もしかしてプリン味嫌い派？」るりは何も答えない。

「ていうか、あんた寝言言ってたよ？」

いししし、とユリカは意地悪そうに笑い、冷房のリモコンに手を伸ばした。ユリカが歩くたびに、カラ、カラ、と音がする。

ピ、ピ、ピピ、ピ。ユリカは五度、温度を下げた。22℃の冷気が保健室中をめぐりはじめる。

カラ、と音が鳴る。背の高いユリカがいると、この保健室はとても狭く見える。ユリカは手洗い場の蛇口をひねり、グラスにこぽこぽと水を注ぎ始めた。「寝言言うときって脳は起きてるんだっけ？　ちがったっけ？　ま、どっちでもいいけど」ユリカはきゅっと蛇口をひねって水を止める。ユリカがるりのいるベッドに腰かけたとき、グラスの水が揺れるのと同時に、カラ、とまた音がした。

「早坂さんち、お父さんいないの？」

え、と、るりは小さく声を漏らした。

「早坂さん、寝言でお父さん、お父さんって言ってたよ」

るりは何も言わない。

「苦しそうに、何度も」

ユリカは左のポケットから何かを取り出した。小さなスケルトンのプラスチックケースだ。てのひらよりも小さい長方形のケースの中には、小さな仕切りがいくつもついていて、何かの模型のようにも見える。

「あ、ちょっとごめん、安定剤飲むね。これ飲まないと落ち着かないんだ。昨日病院行ったら一段階強いのになってて困る困る」

ユリカの言葉には反応せず、るりはそのすらりと伸びた指の先を見つめていた。

ユリカの細い指は、手慣れた動きでケースの蓋《ふた》を開ける。蓋の上からではよく見えなかったものが、保健室の白い電灯にしっかりと照らされた。ユリカはカプセルと錠剤を一粒ずつ手に取ると、ぽいと口の中に放り込んだ。続けて、グラスの水を飲む。こく、こく、と二回、喉が小さく上下する。二粒の薬が、ユリカの細い体の中に埋め込まれていくようだった。グラスの底がテーブルとぶつかって、コン、と軽やかな音が響いた。

「……だから私はあんたが嫌いなのよ」

るりはケースの中身を見つめたままつぶやいた。

「安定剤？　一段階強くなってて困る？　こういう薬飲んでることがかっこいいとでも思ってんの？」

二部屋に区切られたプラスチックケースには、細長いカプセルとまるい錠剤が数粒ずつ入っている。

「煙草吸ってることが、授業サボることが、警察官に注意されることがかっこいいとでも思ってんの？」

22℃の風がスイングして、たまにユリカの茶髪を揺らす。

「冷房も二十二度って……気にしたことないんでしょ、電気代なんて。あんたには何も不自由がないのよ。学校に来なくてもテストで点が取れる、陸上部の練習に出てなくても大会でいい成績を残す。だから自分で勝手に煙草吸って授業サボって薬飲んで悩み作ってんのよ。悩んでる自分を作り上げてる。どうして何不自由なく生きていけるようなあんたが、そんなふうに自分で自分を傷つけてんのよ。私はあんたのそんなところが大っ嫌いなの！」

「るり、帰るよ！」

るりが言い終わるのと同時に、保健室のドアがバンと勢いよく音をたてて開かれた。鞄を二つ抱えた小春が立っている。

「るり、あたし思い出した！　お母さんの顔！」

るりもユリカも状況が呑《の》み込めていない中、小春は大声で言い切った。

「あれ、昔、お母さんが倒れた日の顔だよ！　るりがお父さんから小春って呼ばれた日、お母さんが倒れた日！　今のお母さん、あの日とおんなじ顔してる！」

◇

夏日が差し込む「星やどり」のキッチンには、琴美が立っていた。

「あれ？　琴姉じゃん！　お母さんは？　てか仕事は？」

息を切らして店に飛び込んだ三人に、店内の客が驚いたように顔を上げた。

「仕事は早退させてもらった。お母さん、奥の部屋で寝てるよ」

琴美は小声でそう言いながらビーフシチューをよそうと、スーツ姿の男性にトレイを運んでいった。そこで初めて客がいることに気づき、るりと小春は姿勢を正す。なぜかここまでついてきたユリカは、店の入り口に一人で立っている。

「……やっぱ琴姉ってエスパーなのかも」

ごゆっくりお召し上がりください、という琴美を見ながら、小春がぽろんと声を漏らした。

「あたし、お母さん見てくる」

小春は小空からたっぷり降り注ぐオレンジを切るようにして店の奥にある一室へすたすたと向かっていった。るりは店の入り口にユリカを置き去りにしたまま、キッチンにいる琴美に歩み寄る。店の中には、ビーフシチューを頼んだスーツ姿の男性がひとりと、新婚のようなカップルが一組いる。

「琴姉、お母さんが倒れるって何で分かったの？」

「お客さんの前で倒れたとか言わないの」琴美は小声で続ける。

「誰もね、自分でわざわざ悩みを作ったりなんかしないのよ。みんな、いろんなことに悩んで悩んで、それでも生きてるの。そうしていく中で、授業サボったりとか、煙草とか、そういうものに頼ってしまったりする人もいるのよ」

琴美はそう言うと、エプロンのポケットから小さな袋を取り出した。

「これ、あんたのエプロンのポケットに入ってたよ。中身、ちゃんと見た？」

るりは小さく首を横に振る。昨日、店でユリカがポケットにねじこんできた小さな袋。あのときはユリカへの苛立《いらだ》ちが勝って、中身を見ようとはしていなかった。

袋の口を留めているテープを短いつめで剝《は》がして、中を覗《のぞ》く。

そこには、新品のイヤフォンがあった。

「あの子、悪い子じゃないと思うよ」

女性客が右手をあげた。洋なしのケーキと紅茶のセットをください、という品のいい声が聞こえてくる。

ある日、自転車をこぎながら凌馬は言った。兄貴も真歩も言ってたんだけど、琴姉ってもしかしてエスパー？　バレるはずないことが琴姉には見抜かれるんだって！

あのときるりは、笑いながら答えた。

エスパーなわけないじゃん。


奥の部屋では、真っ白い布団のそばに真歩がちょこんと座っていた。

「過労だって。琴姉が言ってた」

いつからここにいたのだろう、真歩はランドセルを背負ったままだ。「学校終わってそのままおやつ食べに来たら、琴姉が看病してて」真歩の口から「おやつ」なんて子どもっぽい言葉がこぼれたので、るりはなぜか少しだけ安心する。

「熱はないみたいだし、ぐっすり寝てる」

真歩のそばで正座をしていた小春が、「よかったあ」と息を吐き出しながらゆっくりと足を崩した。枕元には、琴美が作ったのだろう、卵の入ったおかゆが置いてある。

「じゃあ僕お店戻るね。一回、店の手伝いってのしてみたかったんだ」

真歩はランドセルを背負ったまま立ち上がり、部屋の入り口に立っているユリカに「こんにちは」と挨拶《あいさつ》をしてから出て行った。こんなときにも挨拶を忘れない弟は本当に小学生らしくない。

「お母さん、なんか痩《や》せたよね？　ご飯もちゃんと食べてなかったのかな──……」

小春は残されていたおかゆを一口食べた。「うま！　琴姉やば！」ふざけた様子でそう言ったけれど、るりもユリカも黙ったままなので、すぐに真剣な顔つきに戻る。

「お母さん、あたしが変なこと言ったの気に病んでたのかな？　凌馬も突っかかったみたいだし」

「それが原因じゃないと思うよ」

小春はこう見えて、小さなことを気にする。それくらい、双子だからわかる。

「ずっと店手伝ってたけど、その騒動がある前からお母さんやつれてたもん。ブラウンおじいちゃんが来なくなったあたりからかな」

「ブラウンおじいちゃん！」小春がピンと背筋を伸ばす。「そうなんだよね、いつのまにか来なくなったよね！　あたしも気になってたー！」耳元で騒がれても全く起きる様子のない母の寝顔を見て、本当に疲れていたんだな、とるりは自分が情けなくなる思いがした。

「でもあたしたちってやっぱ双子だね」小春がふふ、と含み笑いをする。「あの鈍感兄貴とか、絶対お母さんが疲れてること自体気づいてないって。あたしたちふたりとも、何かちょっと感じてたもん」

そのあたりで小春はやっとユリカの存在に気付いたようだ。部屋の入り口に未《いま》だ立ち尽くしたままの彼女の姿を見てびくっと肩を震わせたあと、「あたしも店の手伝いってやってみたかったんだー！」と何事もなかったように立ち上がった。エプロンに合うように髪型変えよっと、という小春の声は、やっぱり明るい。父のお見舞いから帰るときも、小春は歌うように話していた。今日お父さんいつもより顔色よかったよね？　あたしたちがかわいいからかなー？

小春がいなくなると、部屋の中が妙に静かになった。

「……座れば」

るりが言うと、ユリカは「ありがと」とるりの隣に腰を下ろした。三角座りをしたのが少し意外だった。短いスカートからのぞく二つのひざは、よく陽に焼けてぴかぴかに光っている。

「さっきはごめんね」

るりは母の寝顔を見つめたまま言った。

「悩みがない人なんていないよね。ごめん。私、失礼なこと言った」

母の胸はゆっくりとふくらんで、またゆっくりとしぼむ。人はこうして呼吸をして生きているのだということを、るりは再認識する。

「私のお父さんね、癌で死んだの」

癌、という言葉の響きがやっぱり重くて、その重さだけで母が目を覚ましてしまうのではないか、と思った。す、とえんぴつで描いたような母の二重まぶたは、るりの目にも、小春の目にも、しっかりと受け継がれている。

「私と小春が中二の冬、あ、小春って、さっきの。双子の姉なの。学校で見たことない？　そっくりでしょ」

「……タイプは違うみたいだけど、顔そっくり」

「でしょ。でもね、私たちもとからタイプが違ったわけじゃないんだよ」

えー、何で真歩がエプロン着てんの、あたしが着たかったのに！　小春のキンキン声が店から聞こえてくる。あんたうるさい！　姉が騒々しくて申し訳ありませんお客様。琴姉の怒鳴り声と真歩の落ち着いた声に続いて、客の笑い声が聞こえてくる。

「私と小春、中学では同じクラス、同じ部活、同じ友達のグループだったの。だからよく間違えられたんだ、先生にも友達にも、家族にも」

うん、とユリカが頷《うなず》く。折りたたんだ長い脚を抱え込む細い腕を見ていると、この子ってこんなにも小さかったっけ、と思う。浜辺に足を投げ出して朝陽を浴びているときと比べると、半分くらいになってしまったように見える。

母は静かに眠っている。化粧の全くされていない寝顔は、思ったよりも年齢を感じさせるもので、ぐっと胸が縮こまるような思いがした。

「ある日お父さんが、私たちのこと見分けられなくなったの。その日からなんだ、小春があんなふうに化粧し始めたの。うちに化粧道具なんてないから、わざわざ派手な友達から借りて。小春はやさしいの。私と違うふうになろうとしてくれた。お父さんが二度と見間違えないように、小春が変わってくれたの」

時間のかかる自転車通学。海沿いの大通りも、自転車をこぎながら聴くラジオも大好きだ。だけど、別に、自転車通学をしたかったわけじゃない。一つでも、小春と違うところを増やしたかっただけだ。

「方法が正しかったかはわからないけど、私たちは別々の人間になりたかった」

化粧を始めて、小春の周りには派手な友達が増えていった。そうして高校生になると、正反対の双子、と言われるようになった。顔はそっくりだけど、中身は正反対。

「……あたしね、パトロールさんのこと好きなんだ」

え？　とるりが顔を上げると、ユリカは三角座りのままま っすぐ前を見ていた。

「びっくりっしょ？　それがあたしの悩み」

パトロールさん、というのが孝史の呼び名だということを、るりは頭の中で確認する。

「あたし中学の時からすごく弱くて、心が。今みたいに薬とか持ち歩いてて。実際、薬は持ってるだけで安心っていうか、お守りみたいな感じなんだけど。別にこんなの大した薬じゃないんだ。煙草も中学の同級生にナメられたくなかったから吸い始めたって感じで」

ユリカは孝史さんのことが好き。頭の中でその文章ができあがるまでに少し時間がかかった。

「ただ誰かに構ってほしかっただけなんだよね」

ユリカはまっすぐ前を向いたまま話す。三角座りをして、小さなひざとひざの間にあごを埋めて、ちょっと恥ずかしそうに話す。

「高校サボって浜辺で煙草吸ってて、そしたらそこにパトロールさんが来たのね。制服だったし、あーやばい注意されるって思ったら、あの人、俺にも一本ちょうだいって言ってきたんだよ」

「は？」

思わず声が出てしまった。「孝史さんが一本ちょうだいって言ったの？」にわかに信じられなくて、るりは大きな声を出してしまう。

「どうぞって箱差し出したら、箱ごとまとめて没収された」

してやったり、と笑っている孝史の顔が目に浮かぶようだ。

「それで、もう吸うなよーって言いながら自転車でどっか行っちゃった」

「そのとき？」

「え？」

「そのとき好きになっちゃったの？」

早坂さんって意外とSだよね、とぼやきながら、ユリカは小さくうなずいた。

「それからは、パトロールさんに見つかるのが楽しみだったな。だから煙草もやめられなかった。煙草を吸っていれば、パトロールさんは注意してくれるから。煙草没収されたあと、一緒に駅前のストリートミュージシャンの曲聴いたこともあったな」

小春の彼氏だ、と思ったけれど、るりは何も言わないでおく。

「ちょっと前、浜辺でまた授業サボってたときさ、離れたところで何人かが花火やってたんだ。いかにも授業抜け出しましたって男女四人組。同じ高校の制服だったけど、あたしそもそも学校の人の名前とか覚えてないから、誰かわかんなかった。そんでね、そこにパトロールさんが来て」

　るりは思い出す。少し前に、小春が部屋で愚痴っていたことを。孝史くん、あたしが授業サボって花火してたこと琴姉にチクってんだよーマジない！

「そのうちの一人とすごく仲良さそうに話してた。兄ちゃん許して！　俺はお前の兄ちゃんではない！　みたいな会話しててさ。その子の顔だけはばっちり覚えてたの。うらやましくて。あたしもあんなふうにパトロールさんと仲良くなりたかったから」

　るりは、謎が解けた思いがした。どうしてあの朝ユリカが突然話しかけてきたのか、その理由がやっとわかった。

「早坂さんが自転車にイヤフォン絡ませてたとき、あの花火のときの子だって思った。だから話しかけたんだ。仲良くなろうと思って。この店に来た日も、本当は早坂さんのあとをつけてた。その日部活久しぶりに行く気だったからジャージ持っててさ、学校の自転車で早坂さんのあとつけて、この店に入ったの見てから駅のトイレで着替えて練習してた振りして……そしたら店にパトロールさんいたからびっくりしたよ。ホントに兄ちゃんなのかなって思った」

「じゃあ、今日保健室に小春が飛び込んできたとき、びっくりしたでしょ？」

「あたし間違えてたんだ！　って思った」へへ、とユリカは笑う。

「ごめんね。いきなり声かけてびっくりしたと思うけど、ほんとは、パトロールさんと仲良くなるために利用しようとしてたんだ、早坂さんのこと」

「いいよ、そんなの」

あたしこそごめんね、ともう一度言ったら、胸の奥がすっとした。

「だけど、もう、安定剤とかは飲むのやめなよ。きっと、あんなもの飲まなくても大丈夫なはずだよ」

「……うん」

「あと、引退まであとちょっとだろうけど、陸部の後輩もっとかわいがってあげて」

え、と戸惑う表情を見せるユリカに、るりは微笑んだ。

「孝史さんはね、私のお姉ちゃんの旦那《だんな》さんなんだ。だから私たちの義理の兄ってこと」

「えー結婚してんの!?」

まだあきらめてないの？　というるりの呆《あき》れ声は、店から飛んできた小春の大声に見事にかき消された。

「ちょっとこのオッサン！　十二日、お母さんと会ってたヤツ！」

お客様のことをオッサンと言わない！　真歩の正論が小春の大声を蹴散《けち》らし、一瞬、店内は静かになった。

長女　琴美

涙が通った部分だけが、空気に触れて少しつめたい。からだが震えないよう、琴美は全身に力をこめた。

みんなを、よろしくな。

◇

「それじゃお父さんに似すぎじゃない？」

琴美の指摘に、孝史は「ええ～」とうろたえながらも楽しそうにしている。

「でも、いい響きだよね。俺はけっこうしっくりきてるんだけどなあ」

「まあ、響きはいいかもしれないけど……まだ何もわかんないんだからさ、気が早すぎるんじゃない？」

「だーいじょうぶ。俺の予感では、絶対にぴったり」

な、と力強く琴美の目を見つめ返す孝史の髪型は、高校生のころから全く変わっていない。警察官のお手本のような短髪。出会ったときからこの髪型で、ちょっと伸びるたびに琴美が切りなよ切りなよと指摘してきた。えーもう伸びたかなー、と毛先をちょいちょいつまんでから、孝史は結局いつもの床屋へ行く。一度孝史が居眠りをしている間に、琴美が勝手に「丸坊主にしてください」と言って切ってもらったことがあったけれど、坊主もわりと似合っていた。頭の形がいいみたいだ。

「だけど、びっくりした。私、全然予想してなかったから」

「そう？　俺はうっすらわかってたけどね」

「うそ。男のあんたにわかるわけないでしょ」

「男の勘ってやつですよ」

何の勘も働かなそうな頭をひとさし指でトントンとして、孝史は琴美と手を繋《つな》ぐ。

「俺、いまならなんでもできる気がする」

生まれ育ったこの町を手を繋いで歩くことは、琴美にとっては少し恥ずかしい。誰かに見られているような気がして、視線がきょろきょろと泳いでしまう。

「夏は日が長くていいよな」

「孝史、この時期になると毎年それ言うよね」

そうだっけ？　と笑う孝史の肩越しに、高校生くらいのカップルの二人乗りが見える。制服のズボンをひざまでまくって自転車を運転する彼氏の額に、うっすらと汗がにじんでいる。

連ヶ浜の学校は、来週から夏休みに入る。みんな、海へ行ったり山へ行ったりと忙しい。琴美も高校生のころは、孝史と毎日のように海へ行っていた。お金があるときはボディボードをレンタルして、何度も波の上でひっくり返った。お酒がなくても車がなくても、歩いて行ける海辺に二人並んで座っていられれば、それだけでよかった。

この町の夏は変わらない。誰がいなくなっても、誰が隣にいても。

大通りは海に導かれるようにゆったりとカーブしている。行ったり来たりを繰り返している波が、会話のすきまを埋めてくれる。

「ここ最近、変な夢見てたって言ってたでしょ、私」

孝史は繋いでいないほうの手に持っているスーパーの袋を、よいしょ、よいしょ、と上下させている。筋トレ筋トレ、と眉間《みけん》にしわを寄せる顔も、高校生のころから全く変わっていない。

「……確かに、こういう時期は不思議なことが起こりやすいって雑誌か何かで読んだことあるけど、それが自分の身に起こるなんて思ってなかったな」

「不思議なことっていうよりも、大切なことだったけどな。振り返ってみれば」

そうだね、と答えると、孝史は繋いだ手に少しだけ力を込めた。

「どうやらみんな、琴美のことをエスパーなんじゃないかって疑ってるみたいだけど」

「え、何それ？」

「エスパーならそう言ってくれよ、俺たちの間に秘密はなしって約束だろ？」眉《まゆ》をひそめる琴美を、孝史はからかう。「琴姉エスパーだから孝史さん一生浮気できねえな、って、凌馬くんに同情されたよ」

「何それ……そんなだからあいつはあおいちゃんに相手にされないんだよ」

ひでー姉だなあ、と言いながらも、孝史はスーパーの袋の上下運動を忘れない。

交差点の信号が、青の点滅から赤に変わる。立ち止まる二人の隣を、部活帰りの中学生たちが足早に過ぎ去っていく。肩にかけられたテニスラケットのケースが、ぱたぱたと音をたてながら背中で弾んでいる。

「早坂家には輪があってさ」

交通量の多い大通りは、車のタイヤ音がよく響く。

「早坂家の輪の中にどうにかして入れないかな、って思ったこと、俺にもあったんだよ」

「孝史はもうすっかり輪の中じゃない」琴美が驚いたように顔を覗《のぞ》き込んでも、孝史は微笑むだけだ。

「確かにさっきの案はお父さんに似すぎてるかもしれないけど」

一瞬、車の流れが途切れる。

「輪をつなげるのは、もう、この子しかいないんだから」

孝史はそうつぶやくと、繋いだてのひらにもう一度力を込めた。どういう意味だろう、と思ったけれど、琴美は黙ったままでいた。

孝史は時々、言葉が足りない。孝史の頭の中で思っていることが、そのまま言葉になって現れないことがある。そういうときはあえて、深く掘らないようにしている。孝史の言葉は、いまわからなくても、きっといつかわかるようにできているからだ。一番心にしみるそのときまで、孝史の言葉は頭のどこかで眠りにつく。

孝史と二人で住むアパートが、夏の夜に包まれようとしているのが見える。るりがいる保健室の夢を見たのは、その日の夜のことだった。

◇

銀のスプーンに、光彦の困惑した表情がさかさまに映っている。

「ちょっと、誰かわかりやすく説明してくんないかなあ……」

「ハイっ、あたしが！」

小春が右手を挙げてガタッと立ち上がった。「お母さん起きちゃうかもしれないから、声のボリューム落として」琴美は小春の頭を押さえて座らせる。

「あの男の人は、あたしたちを追い出しにきたのよ」

「すでに違くない？」るりがよく動く小春の周辺からグラスを遠ざける。「私たち、じゃなくて、この店を、っていうのが正しいと思うけど」

「あの男はここの地主ってことでしょ？」

真歩がナッツをひとつ口に放り込みながら言うと、小春は「そうっ！」とテーブルを叩《たた》いた。うるさいなあ、と真歩が眉間にしわを寄せる。一つのテーブルに椅子を六つ持ち寄って座っているから、ここだけ人口密度が高い。早めに閉めた「星やどり」は、音楽も止めてしまっているのでとても静かだ。

「あの男、母ちゃんの彼氏じゃなかったんだ。なんだあーこの人が新しいお父さんよパターンかと思ったぜえ」

「え、なに、凌馬お前ですらその男のこと知ってんの？」何も知らないの俺だけじゃんかよお、と光彦がふてくされはじめる。

「僕も何も知らなかったよ。今日その男の人が来て、はる姉が大声で問い詰めだすまではね……」

真歩がうんざりしたように小春を見てから、「ほんとにうるさかったよね……営業中だったのに……その人に消火器とか向けだしてホントもう意味わかんない……」ちらりと目線だけを店の奥の部屋に送った。あの部屋では、母がすうすうと寝息を立てているはずだ。

「……何も知らない人もいるから、ちゃんと話すわよ」

琴美の言葉に、光彦がいそいそと姿勢を正した。いま本当になんっにも知らないのは、このマヌケな弟だけだ。

「今日お店に来ていた男の人は、真歩の言うとおり、この土地の地主さん。前から、お母さんとは会ってたみたい。それを小春が見ちゃってちょっと騒ぎになったりしたんだけど」

小春が一瞬恥ずかしそうにしたので、琴美は詳しくは話さない。

「実はうちの店、土地代をちゃんと払えてなかったみたいなのよ」

え、と何か話しだそうとした凌馬をるりが制した。「質問は最後まで話を聞いてからにしよ」

「この店はお父さんが建てたから、もちろん家賃はゼロ。だけど、この店が存在している場所自体はあの男の人、武内《たけうち》さんのものなの。土地を借りている立場として、毎月決められた額を武内さんに支払わなきゃいけなかったんだけど、実はそれがずっと滞ってたらしいんだよね」

「とどこおってた？」「トドが凍ってたの？」凌馬と小春の質問は無視される。

「今までは、武内さん側が許してくれてたみたい。だけど最近、この場所で店をやりたいっていう知り合いが出てきたんだって」

「簡単に言うと、その知り合いのためにあたしたちに出ていけって言ってるんでしょ？」

「出ていけって言い方すると、武内さんが悪者になる。土地代を払っていない私たちが悪いのよ」るりが小春をたしなめる。「むしろ、今まで目を瞑《つむ》ってくれていた武内さんはいい人だよ。一年以上滞納してたみたいだし」

いちねん、と真歩が繰り返すと、テーブルは少しだけ静かになった。

「……私、ずっと店手伝ってたけど、お母さん、絶対にレジ締めはやらせてくれなかったんだよね」

るりの言葉を受けて、琴美はグラスの水を飲む。そこでやっと、自分の喉《のど》がからからに渇いていたことに気が付いた。

小空の真下で、母の作ったステンドグラスのライトがほのかに光っている。

「もし来月分が払えないなら、その知り合いに場所を譲りたいって、武内さんは言ってる」

「来月分?」真歩が聞く。「今月分じゃなくて?」

「もう七月も下旬だから、いきなりは用意できないだろうって。八月末まで待ってくれるみたい。武内さんは、全然悪い人じゃなかったよ。むしろやさしすぎて、こっちが申し訳なかったくらい」

「……いっつも、お客さん、多くて四人とか五人とかだったもんな。あおいちゃんが友達連れてきてくれたりしたんだけどな」ぼやく光彦を、凌馬がきっと睨《にら》む。ロリコン、というつぶやきが琴美には聞こえた。

「土地もさ、商店街内だったら組合にお金払えばいいだけなんだけど、ここちょっと離れてるから。まあ、だからお客さんも来にくかったのかもしれないよね」

自分でそう言いながら、何のフォローにもなってないな、と琴美は思った。六人が誰も話さなくなる。聞こえるはずのない母の寝息が、聞こえてきそうな気がしてしまう。

蛇口から少し水がこぼれでた。水がシンクにぶつかる音が店内に響く。

「……え、待って、何でもうあきらめムードになってんの?」

意味わかんない、と小春が立ち上がる。

「お父さんが作ったお店だよ?　お父さんが作った小空、お父さんが好きなシチューだし、コーヒーだよ？　ケーキだよ？　何でそんな簡単にあきらめようみたいな流れになってんの？　やめてよ、今日はどうやって店を立て直すかって、そういう話し合いしようよ！」

「俺もそう思う」拳《こぶし》を握りしめたまま凌馬が言った。「この店がなくなるなんて考えられねえ。みんなでどうにかして売り上げ伸ばそうぜ。できるって。支払い、八月末まで待ってもらえるんだろ？　まだ一ヵ月以上あるし」

「無理だろ」

低い声でそう言って、光彦は凌馬の水を飲み干した。

「今まで一年以上も土地代払えてないんだろ？　もうずっと経営はやばかったんだよ。それを素人の俺たちが一ヵ月ちょっとで立て直せるなんて思えない」

「そんなのやってみないとわかんないじゃん！」小春がバンとテーブルを叩く。「やってみる前からそんなこと言うから兄貴はなんかいつもダメなんだよ！　みんなでがんばればどうにかなるかも」

「そもそも来月の土地代が払えたところで、それから先はどうすんだよ」

光彦の低い声が、五人の鼓膜を揺らす。

「みんなでがんばれば、って、俺は社会人になったら連ヶ浜を離れる可能性が高いし、小春、お前だって大学行かないんなら、いつこの場所を離れなきゃいけなくなるかわからない。それなのに、無責任なこと言ってんじゃねえよ」

「じゃあ兄貴はこの店が無くなってもいいのかよ」

光彦兄ちゃん、どっか行っちゃうの？　真歩の不安そうな問いかけが、凌馬の声にかき消される。

「そんなこと言ってたら何にもできねえ。あおいだってここのビーフシチューうまいって言ってたんだよ！」あおいのことは別にどうでもいいけど、と、凌馬は我に返ったように声を小さくする。「俺は嫌だ、ここがなくなるなんて。嫌っていうか、そんなの信じられねえよ」

「私は兄貴に賛成」

るりが小さく手を挙げた。「は？」と凌馬が声を漏らす。

「お母さん、ずっと頑張ってくれてたんだよ。土地代の話も私たちにずっと隠して……倒れるまで頑張って頑張って、ダメだったんだよ。今まで通り働くなんて、お母さんはもうできないでしょ？　お母さん抜きでこの店を立て直すことができるなんて、私には思えない」

「でも！」

「そりゃ私だってこの店がなくなるの嫌だよ」るりは人の目をまっすぐに見て話す。だから相手が激昂《げきこう》することはない。「でも、嫌だからって理由でどうにかなることじ

よ」

「姉貴と孝史さんが引っ越さないで済んだのだって、二人の勤務先がここから通える場所だったからだろ。琴姉がいなかったら、店ももっともっと早くダメになってたかもしれない。みんなこの場所にいられた今までの状態が、そもそも奇跡だったんだよ」

「今までの状態が奇跡だったんだよ」

きせき？　と聞き返す真歩に、光彦はやさしい声で答える。

ゃないと思うの、今回のことは」


いつもとは違う光彦の様子に、誰も何も言わなくなる。

「俺たちも、いつまでもこの店にしがみついてるわけにはいかないだろ。俺がいなくなって、小春とるりもこの家を出て、凌馬お前、ひとりで母ちゃんとこの店支えられるのか？」

「そんな先のこと言われても……」どうすればいいんだよ、と捨て台詞《ぜりふ》のように凌馬がぼやいて、タンと靴底を鳴らした。

どうすればいい、どうすればいい。言葉にならないきょうだい全員の思いが、テーブルの真ん中のほうで沈殿している。

どうすればいい、どうすればいい。

みんなを、よろしくな。

お父さん、私はどうすれば――。

「……琴姉はどう思ってるの？」

真歩は、ことねえ、ときれいに発音する。きょうだいの誰かがこの町からいなくなってしまう未来が全く想像できないという目で、こちらを見る。

「私は」

テーブルの中心から視線をあげると、きょうだい全員と目があった。

「私は……」

言葉が出てこない。てのひらの熱が、琴美の下腹部をじんわりとあたためる。

どうすればいい？

五人の視線が、自分のもとに集中している。視線が圧力と重みを持って、心臓をぎゅうと押してくる。

こういうとき、いつだって、家族はみんな私のことを頼る。

だけどお父さん、私は、こういうときに何の言葉もでてこない。どうしたらいいのか、ほんとうは全然わからないの。

いま言うべきでない言葉ばかりが、喉の奥からこみあげてくる。言うべきではない。

いま言うべきではない。だけど、琴美の意思に反して、腹から、腹の底からじっくりと生まれでてくる言葉がある。

孝史ならなんて言うだろう。孝史ならきっと誰も傷つけないようなやさしい言葉を見つけられるのに、私は。

「私、実は」

カラン、と音がして、店のドアが開いたのはそのときだった。

「あの、まだやってますか?」

少しだけ開いたドアから、若い女性客がふたり、雨から逃げるようにして顔を出している。全員の視線がそちらへ集まる。すいません、とるりが立ち上がった。

「本日はもう店を閉めておりまして……申し訳ありません、札、CLOSEになっていませんでしたよね」るりが女性客に向かって申し訳なさそうに言う。店のドアには、OPENと書かれた札がぶら下がったままになっていた。

「あ、今日はもう閉まっちゃってるんですね……」女性客は残念そうにささやき合う。「うわー雨の中せっかく来たのに、残念。まあでもしょうがないか」「歌詞的にも、この店で合ってるよね? また予定合わせて来よ」「そうだね、しかたないか」ふたりはそう言ってもう一度傘を開く。

「あの、ちょっと待ってください」

立ち去ろうとする客を、るりが呼び止めた。よく見ると、女性客の手には音楽プレーヤーが握られている。

「最近、店内でもイヤフォンで音楽を聴いているお客様が多いんです。いまお話しされていた、歌詞的にもっていうのは、どういう意味ですか?」

琴美は思い出す。孝史と松浦ユリカが来店した日、若いカップルが二人で一つのイヤフォンを分け合って何かを聴いていたこと、そして、しきりにるりや琴美に話しかけようとしていたこと。

「このお店、ビーフシチューで有名ですか?」

女性客は、店の中を見回しながら言う。「あ、ほら、ほんとに星型の天窓あるよ」「ステンドグラスもほんとにある!」二人で何やら嬉《うれ》しそうだ。どういうこと、という琴美の声と、もしかして、という小春の声が重なった。

「この地域のFMラジオで、リスナー参加型のミュージシャンのオーディションが話題になってるの知りません?」女性客が、興奮した様子で言う。

「知ってます。深夜番組ですよね? 私リスナーです」

るりがそう答えると、女性客はさらにきゃっきゃと盛り上がる。

「いま、ギターで弾き語りする男の人が三週くらい連続で勝ち抜いているんですけど、歌詞の中に連ヶ浜駅も浜電も出てきてて。商店街を抜けて、とか、色とりどりのあじさい、とか、夕暮れを溶かす海、小さな空みたいな天窓、星が宿る場所……その曲に出てくるビーフシチューがすっごくおいしそうなんです。聴くといつもお腹すいちゃう。ネット上ではこの店なんじゃないかって話題になってるんですよ」

「あの！」小春が立ち上がる。「そのミュージシャンの名前、教えてもらってもいいですか？」

そこで初めて、女性客二人の声が重なった。

「【ユウスケ】です」

また改めて来ますね、と嬉しそうに言い残して、女性客二人は水色とピンクの水玉模様の傘を揺らしながら去っていった。静かな店内に、ふたたびきょうだいだけが残される。

「どういうこと？」凌馬が興奮した様子で言う。「はる姉、どういうこと？」

「新曲」小春が一瞬目を見開く。「佑介、新曲を作ってるって言ってた。とっておきの歌を作ってるって。でもまだ聴かせないって」

「あたし、佑介さんの歌声知らなかったから、全然気づかなかった……」

小春とるりがお互いに顔を見合わせていると、ガタンと席を立つ音がした。

「新しいお客さん、これから増えそうじゃない？」

真歩が空になったグラスをまとめてキッチンへ持っていく。

「ネットの力ってすごいよね。もっともっとこの店に気付いてくれるお客さん、出てくるかもね。まだわかんないね、これからどうなるか」

蛇口をひねり、真歩はひとつずつグラスを洗う。るりがそれを手伝いに行く。小春はまだ放心した様子でその場に立ち尽くしている。凌馬は興奮した面持ちで「だよな！」と拳《こぶし》を握りしめている。

「それに、僕にも案があるんだ」

そんな真歩の声を背に、光彦だけが、真剣な眼差《まなざ》しで琴美のことを見つめている。

「案って何？　何？」凌馬と小春が身を乗り出して真歩を問い詰める中、光彦は琴美から目をそらさなかった。

◇

宝石店での仕事を終え二日ぶりに店を訪れると、ドアにかけられた札は「ＣＬＯＳＥ」となっていた。それにも拘《かか》わらずなぜか活気づいて見える店内に、これじゃあ今日も勘違いした客が店に入ってくるんじゃ、と琴美は不安になる。

ドアを開けてみると、店は文化祭を控えた教室のごとく色とりどりに散らかっていた。

「大和さんが選ぶ写真、若い女の人ばっかりじゃない？　もっとバリエーション考えてよ」

「はあ～？　美人が笑顔で写ってる写真が一番いいに決まってんだろ！」

「お客さんは男だけじゃないんだから！　あと大和さんの好みが如実に出てるよ！　目がぱっちりでふわふわのパーマの人ばっかりじゃん！」

「お前小学生のくせにニョジツとか言うなよ！」

真歩は、大和さんと呼ばれる男性とテーブルを挟んでぎゃあぎゃあと騒いでいる。いつも冷静な真歩がこんな風に誰かと言い合うところをあまり見たことがなかったので、琴美は不思議な気持ちがした。いっぱいに写真が広げられているテーブルは、まるでそれ自体がアルバムのように見える。

「やっぱ、基本的においしそうに食ってるヤツを選ぼうぜ、真歩」

「僕はもちろんそうしてるけどね……でも、ちゃんと料理が写ってるってのも大事だからね、そこもしっかりね」

「はいはーいわかりましたよ真歩センセイ」

夢に出てきた人だ、と琴美は思った。長い髪を一つにまとめている髭《ひげ》の生えた男性は、きっと琴美よりも年上なのだろうが、真歩にきちんと目線を合わせて話すことができる大人だと分かる。名前は確か、【やまとさん】。

「こんばんは」琴美が挨拶《あいさつ》すると、「ろくにんめ!?　真歩、この人で最後だよな？」と、大和はおおげさに驚いてみせた。「そう、長女の琴姉。僕ら六人きょうだいだから、これで最後」真歩は写真から視線を外さずに答える。

「この人は大和さん。商店街にプリントショップ川瀬ってあるでしょ、そこにいるカメラマンさん。ちょっと前に仲良くなったんだ」

「どうも、大和ですー」大和はにかっと笑ってぺこりと頭を下げた。やっぱり、あの【やまとさん】だ、と琴美はひとり確信する。

「これはね」琴美が聞く前に真歩が話し出す。「昨日と今日来てくれたお客さんたちが、それぞれの料理の一口目を食べるときの写真。みんな、すーごくいい顔してるでしょ。料理もきちんと写ってるし。何よりおいしいものを食べるときの笑顔って、一番いいと思うんだよね。使えるなって思って」

「使えるって、何に？」

「新しいメニュー本の写真に」

あ、これもいい！　かるたの対戦でもしているかのように、大和が我先にと腕を伸ばして一枚の写真を押さえた。洋書を片手に目を閉じたままコーヒーをする伯父《おじ》が写っている。

「焙煎《ばいせん》コーヒーのページはこの写真で決まりだろ」

「老舗《しにせ》コーヒーメーカーのパンフレットみたいになりそうだね……」

「お前小学生のくせにシニセとか言うなよ！」

二日前、きょうだい全員で話し合いをしたあと、真歩は各テーブルに置かれているメニュー本を開いて言った。

僕にも案があるんだ。もっともっとお腹が空《す》いちゃうようなメニュー本を、僕が作るよ。

次々に選ばれていく写真はテーブルの右側に寄せられていく。そのたくさんある写真の中で一枚だけ、他の写真に埋もれないようによけてあるものがあった。

「これは？　ビーフシチューの写真？」

琴美はその一枚を手に取る。他の写真と比べても、お世辞にもうまく撮れているとは言い難い。顔がちゃんと写っていないし、大皿の中のビーフシチューもほとんどなくなってしまっている。誰かに撮ってもらったというより、自分で自分を撮ったという感じだ。

「これはね、はじめから決定してるんですよ。真歩がビーフシチューのページは絶対これだって譲らなくて」

うるさいな、と口を尖《とが》らせつつ、真歩は琴美からその写真を奪い取る。

「僕の友達の写真。ビーフシチューのページは、これで決定」

琴美はそのとき、真歩の口からはじめて「友達」という言葉を聞いた。

真歩は忙しそうに作業を進める。大和が小声で、「こいつ、照れてるんすよ」と言って真歩を指さした。その指を真歩がバシッと叩《たた》く。

昨日の雨で、小空がきれいになったみたいだ。月の形がはっきりと見える。

キッチンでは、るりがあおいに料理の盛り方を教えていた。

「あおいちゃん意外と不器用？」るりがくすりと笑う。「……がんばります！」「いいのいいの、手伝ってくれるだけでホントありがたいんだから」すぐに調理方法を覚えるのは難しいので、それぞれのメニューに使われる食器や盛りつけ方などを教えているみたいだ。確かに、この作業が素早く行われれば仕事はかなり楽になる。

「キッチンが一番心配だったけど、凌馬があれだけ料理できるなら大丈夫かもね。あおいちゃんも覚え早いし……それにしても何で凌馬あんなに手際いいの？　あおいちゃん何か知ってる？」

「……」返答に困っているあおいの背後に、琴美はこっそりと近づく。

「るり、それはね、凌馬は弁当を……」

「琴姉黙れえ！」

店のドアが勢いよく開いて、外の掃き掃除を終えた凌馬がずかずかとキッチンに入ってきた。「ほらもうどっか行けって！」何よお、とニヤニヤする琴美を見て、凌馬はカッと頬を赤くした。
「あおいちゃんがね、店のこと聞いて手伝いたいって言ってくれたんだよ。凌馬とい
い兄貴といい今回のことといい、ほんとあおいちゃんにはお世話になりっぱなし」
いいえ、光彦先生には勉強を世話していただいているので……、ともごもご答えるあ
おいを見て、凌馬はすぐに仏頂面に戻った。我が弟ながらほんとうにわかりやすい。
奥のテーブルでは、小春が布のようなものを積み上げて何やら作業をしている。そ
ういえば、と思って店内を見渡すと、店のカーテンがすべて外されているのがわかる。
店がやたらと活気づいて見えたのは、中の光がいつもより外に漏れていたからだろう
か。
「あ、琴姉、そのへん触らないでねー！　絶妙なバランスで積み上がってるから」
こんもりと山のように積もっているのはやはりカーテンで、テーブルの上には他に
も正方形の布らしきものがたくさんある。
「カーテンとか、ランチョンマットとか、色を変えようと思ってさ。あたし、店内の
配色もっとちゃんと考えたいって昔から思ってたんだー」
そのとき、布の山がもさりと動いて、中から人が現れた。
「え⁉」
「あ、驚かせてすみません」布の中から現れた細身の男性が頭を下げる。佑介くんだ。

「琴姉、佑介だよ。琴姉は、あの夜にちらっと見てるよね」

あなたがいつも小春の墓参りに付き合ってくれていたんだね。心の中で、琴美は佑介に感謝した。

「佑介、また新しい曲書くんだって、この店の。いま歌詞書いてんの」

布の中に、ルーズリーフとシャーペンが紛れている。紙の上にはいろんなフレーズが散らかっており、二重線が引かれていたり丸で囲まれていたりしている。

「今日もね、ひとり、佑介の曲聴いて店に来てくれたお客さんがいたの。それ話したら佑介張り切っちゃって」

「別に張り切ってるわけじゃないけど」そう言う佑介の声を聴きながら、この子はきっときれいな声で歌うんだろうな、と琴美は思った。ありがとね、と笑いかけると、佑介はまたぺこりと頭を下げた。

「だからあたしもがんばんなきゃ。店でカラーコーディネートの実践できるなんて、あたしって超ラッキー」

資格があるわけでもないのにな、とつぶやく佑介に、小春は「無免許カラーコーディネーターの初仕事！」とうれしそうに答える。

もうあの夢は見なくなったけれど、あの夢があったおかげで、みんながいま何を考えているのか、少しだけわかる気がする。

琴美は、胸の奥にぷすぷすと穴が開いていくのを感じていた。きょうだいたちに伝えなければいけない事実が、その穴からぽろぽろとどこかへ落ちていく。

その痛みで、涙が出そうだ。

いま私が考えていることを、この子たちはきっと、これっぽっちも考えていない。みんながこの店を必死に守ろうとしているいま、言うべきではない。それはわかっている。なら、いつ言えばいいのだろう。いつ、誰に、どんなふうに伝えればいいのだろう。

「……姉貴、座れば？」

つま先に、椅子の足が触れた。

「立ち仕事おつかれさま」

一人で洗いものをしていた光彦が、椅子を運んできてくれる。差し出してくるグラスを、琴美は無言で受け取った。そういえば、店内は暑い。「店閉めてすぐ冷房切ったからさ。経費削減だって」そう言う光彦だけが、何か新しいものを生むのではなく、片付けるという作業をしている。

「今日、お母さんは？」椅子に座ると、確かに、自分の足が疲労していることがよくわかった。

「奥でエプロンにアイロンかけてる」

「お母さん、もう普通に店出てるの？」

「んー、日常生活に支障はないみたいだけど、今までどおり店に出るのはやっぱキツいみたいだな」

「そういえばあんた、就活どうなったの？」あえて会話を切らずに、琴美は言った。

「……まあ、もらったよ、一つ。内定」

「え？　いつのまに？　何で言わないのよ」光彦が小声で答えたので、なんとなく琴美も小声になる。

「タイミングが無かったっつうか……ちっちゃいとこだし、関西のほうの病院とかしか営業してないみたいなんだわ。本社が関西のとこだから」

「病院？　あんたどこから内定もらったの？　それお母さん知ってるの？」つい質問攻めになってしまう。

「製薬会社。母ちゃんは知ってる。おめでとうって」

「製薬？　薬の営業ってこと？」

「そ。ＭＲっつうやつ？」

琴美は、空いたグラスをシンクに戻す。

「あんたがＭＲになりたいだなんて、私、今まで一回も聞いたことなかったよ」

「別になりたかったわけじゃねえよ。内定もらったから、そこで就活やめただけ」

もうこれ以上続けるのは俺的にはキツイんす、と光彦はおどけてみせる。

「座学とか大変らしいけど、MRは給料いいって聞くしな」

MRとは、製薬会社の薬を各病院に使ってもらうために営業をする仕事のことだ。

「そっか。あんたがMRねえ……予想もしてなかったわ」

常に、医者という圧倒的な存在を前にして立ち振る舞わなければならない仕事。

「でも、そういうもんだよな」

医者になれなくても、大学で特別な勉強をしていなくても、何らかの病気で苦しむ患者を救うための支えになることができる仕事。

「自分が何になりたいかとか、何に向いてるかとか、わかんねえよな。どこに就職することになったって、いまと同じくらい不安なんだよ、きっと」

光彦の細いあごに、朝剃《そ》ったのだろう髭《ひげ》がもう生えてきている。

「関西かー。一発芸のひとつやふたつ準備していったほうがいいんじゃない」

「飲み会で困ったら、必殺脱衣を使うから大丈夫。俺ケツに北斗七星みたいなホクロあるから」

「あるから何よ」

「……」

「……しっかし、あんたが四月から社会人か」

「おう」

光彦の声は、いつからこんなにも低くなったのだろう。琴美はふうと息を吐いた。

真歩と大和が楽しそうに写真を選んでいる会話が聞こえる。つまみ食いをした凌馬を叱るるりの大声、小春がじょきじょきと派手な音をたてながら布を裁断する音、佑介がこつこつとシャーペンをノックする音。

たくさんの音が聞こえる。それなのに、琴美と光彦をつなぐ空間だけが静かだ。

「じゃあ、あんた、この家出るんだね」

光彦は、きゅっと蛇口をひねって水を止めた。

「姉貴」

シンクにはもう何も残っていない。

「この店も姉貴も、もうじゅうぶんがんばったよ」

何か声を出そうと思ったら、胸の奥が酸っぱくなって、琴美は顔をあげることができなくなった。

私の弟は、いつからこんなことを言うようになったのだろう。

光彦はきっと、私の考えていることを見抜いている。

「琴美、帰るよ」

カラン、とドアのベルが鳴り、孝史の声が聞こえた。

今日は金曜日。あしたから、連ヶ浜の学校は夏休みに入る。母抜き、きょうだいだけで店を切り盛りしていく、最後の悪あがきが始まる。

◇

「私、砂糖は入れないんです、ありがとうございます」

武内はわざわざ、人数分の砂糖を持ってきてくれた。琴美はブラックコーヒー派だが、「あ、でも僕が入れるんです、ありがとうございます」隣に座る孝史はいそいそとノンカロリーシュガーを手に取った。武内はひとつ、角砂糖をコーヒーカップの中に落とした。

「本当に、今日は申し訳ありません。突然の連絡にこうして対応していただいて」

「いえいえ、土曜日ですし、こちらも時間があったもので」

休日なのに、武内はグレーのスーツを着ている。時間があったとは言うけれど、きっと休日出勤をしていたのだろう。夕食時のファミレスは思ったよりも混んでいて、おそろいのスウェットを着た大学生たちの声がうるさい。

「そういえば、以前律子さんと話をしたのもこの店でしたよ。席は違いましたけど」

武内はそう言ってコーヒーを啜《すす》る。

「お宅に直接うかがうわけにもいかないと思ったので、つい電話を……いきなりですみません」

「いえいえ、全然迷惑ではないですよ。ちなみに、その電話番号っていうのは」

「父の仕事ファイルの中で見つけました」

「やはりそうでしたか」

武内は笑うと目じりにしわが集まって、とてもやさしい顔になる。年齢は四十代半ばくらいだろうか、大きな体に汚れひとつないスーツがとてもよく似合っている。

武内が土地代の滞納を許してくれていた理由として琴美に考えられるのは、一つだけだった。

「昔、うちの父が武内さんのお宅をリフォームしていたんですね」

武内はもう一口コーヒーを啜った。

「はい。正確には、私の両親の住宅をリフォームしてくださったんです。あのときは本当にお世話になりました。生前、父はそちらの喫茶店にも通っていたようで」

「おじいさんがお店にいると、私たちも心が落ち着きました。私たち、勝手にブラウンおじいちゃんって呼んでたんですよ、ブラウンのカーディガンがよく似合っていたので」

それはそれは、と武内さんははにかむ。

「父は、リフォームに大変喜んでいたんですよ」

琴美は静かにコーヒーカップを置いた。

「ベッドの横に手すり、廊下にはフットライトをつけてもらったり、浴槽は低くして入浴しやすくしてもらったり……小さな変化の積み重ねで、本当に暮らしやすくなったと言っていました。あなたのお父さんが造ったお店ができるって聞いてからは、毎日のように通っていましたね。店も落ち着くけれど、食事がおいしいとよく言っていましたよ」

母は、ブラウンおじいちゃんがドアのベルを鳴らすたび、武内さんこんにちは、と挨拶《あいさつ》をしていた。

「おじいさんは、ずっと目を瞑ってくれていたんですね、土地代が払えていないこと」

そう言う琴美の顔を、武内は申し訳なさそうに見つめる。

「父が亡くなって、父の部屋を整理していたんです。すると、あなたのところに土地を貸していることがわかって……土地代が払われていないってことも、そこで初めてわかったんです。父はそんなこと一言も言っていませんでしたから」

かすかに揺れるブランコの席を思い出す。

ブラウンおじいちゃんも、コーヒーには角砂糖をひとつ、落としていた。

「私たちも生活に余裕があるわけではないですし、黙っているわけにはいかないと思いまして……律子さん、そちらの奥様とお話しさせていただきました。あの様子だと、どうやら何かご家族の中で誤解が生じていたようで」

「あ、それは気にしないで大丈夫です。うちのバカがすみません」

ちょっとこのオッサン！　と武内になぜか消火器を突きつけた妹の姿が脳内で蘇《よみがえ》り、琴美は背中が縮こまる思いがした。

「先日、ちょうど、学生時代の友人があの場所で雑貨屋をやりたいと言い出したんです。都内ですでにいくつか展開していて、地方一号店を出店したいと。古い付き合いの友人ですし、私も力になりたいと思っています。そのタイミングで土地代のことを知ったので……」

「私が今日あなたに来ていただいたのは、滞納を許してほしいとか、支払い期限を延ばしてほしいとか、そういうことではないんです」

武内の話を遮るようにして琴美は言った。

「一つ、あなたに聞きたいことがあるんです」

冷めたコーヒーの匂いを深く吸い込む。

私はほんとうにずるい人間だ、そんなことを思いながら。

◇

自分たちで、母の言葉と言葉のすきまを繋《つな》いできた。

母は、私たちに答えを与えない。進路に関してとやかく言われたこともないし、こうしなさい、これはやめなさい、と勝手に舵《かじ》を切られたこともない。だから、その分きょうだいたちは自分で考えてきた。自分たちで、母の言葉と言葉のすきまを繋《つな》いできた。

お父さん、今週の土曜から入院することになったの。

マジで？　父ちゃん弱《よ》えー！　とすかさずつっこんだ凌馬は、父に拳骨《げんこつ》をくらっていた。まだ小学生だった凌馬は、体が小さいくせに、よく父につっかかっていた。絶対にかなわないのに、やり返されるのを楽しんでいるようだった。痛《いて》え痛え！　と凌馬が騒ぐ中で、小春とるりが同時に「にゅういん？」と言った。このふたりもまだ小学生だった。外見はもちろん内面もそっくりだった時期だ。

夜、家族全員が集められたリビングは、きょうだいがまだみんな小さかったからか、とても広く感じた。

でも大丈夫、すぐ退院できるから、みんなそんな顔するな。

このときも、大丈夫だから、という父の隣で、母はただ微笑んでいた。

父がずっと病院に通っていることに、きょうだいはみんな気づいていた。母が父についていく日もあり、そのたび大人がいなくなったがらんどうの家は琴美たちをとても不安にさせた。女の子みたい、という母を押し切って父が命名した真歩は当時まだ小学生にもなっておらず、この日も早々と部屋で眠っていた。今思い返せば、両親は、真歩を寝かせてから子どもたちを集めたのだろう。

父が入院するということを聞いてから、琴美は夜更かしをする日が増えた。眠ろうとして目を瞑ると、いろんなことが頭をよぎった。

だけどその「いろんなこと」はうまく言葉にできないことばかりで、その周囲に漂うもやもやした空気だけが心を覆っていた。いくら寝返りを打っても、その雨雲のような思いは心から剝《は》がれてくれなかった。

父が入院する前日、ベッドに入ったときには、もう日付が変わっていた。それから一時間以上は眠れずにいたから、深夜の二時近かったはずだ。

キイ、とドアが開かれる音がした。一瞬、琴美の閉じた瞼《まぶた》の上を光が歩いていった。目を開けてはいけない、と、琴美は直感した。

ドアから近い順番に、小春、るり、琴美のベッドが並んでいる。

「小春」

父の声がした。あたたかかった。

「小春は、絵を描くのがうまいよな。小春のスケッチブック見るの、父さんすごく好きだ」

小春は眠っている。小学生の眠りは深い。

「好きなことをすればいい。周りの誰かや環境がそれを止めても、父さんはいつでも小春の一番の味方だからな」

琴美はゆっくりと部屋のドアとは逆の方向に寝返りを打った。父が足音を立てないようにして部屋の中を移動しているのを、背中で感じ取った。

「るりは、頭がいいよな。しっかりしてるし、中学に進んだら、生徒会長とかやっちゃうかもな」

声が、さっきよりも近づいていた。

「でも、抱え込みすぎないようにな。るりはもっと、周りの人を頼ろう。小春以外にも、もっともっと自分のことを相談していいんだからな。迷惑になるなんて思うな、お前の話をみんな聞きたいんだよ」

何でこんなことを言っているんだろう。父に背を向けながら琴美はそう思ったけれど、その答えはとっくに見つかっていた。それでも、気づいていないふりをした。

強く強く目を閉じた。

「琴美」

来ないでほしい、と、琴美は思った。

「お父さんな、ちょっと光彦が心配なんだ」

琴美は目を閉じたまま、すう、と息を吸い、はあ、と吐いた。ただそれを繰り返していた。まるで眠っているかのように、そのままの姿勢を保ち続けた。

「あいつけっこう頼りないだろ、早坂家の長男なのに。頭もいいわけじゃないし、ちょっと心配なんだよなあ。いまは彼女いるみたいだけど、優柔不断だしさ、振られちゃいそうだよな。人生の先輩として、お前がいろいろ導いてやってくれよ。あいつ悩みだしたら同じことで何年もうじうじしそうだし」

進路とか自分で決められるのかな、と笑いながら、父は大きなてのひらを琴美の肩の上でゆっくりと上下させ続けた。

「小春はああ見えて繊細だからな……女の子同士って、友達関係とか、けっこうめんどくさいんだろ？　父さんよくわかんないけど、そういうので意外と疲れたりすると思うんだよ。かわいいし、彼氏もいっぱいできそうだし……言っててさみしくなってきた。やめよ。とにかく女同士、小春が周りに見せないようにしている弱さ、お前が見破ってやってくれ」

ずるい、と琴美は思った。

「るりは、しっかりしてる分、自分でどうにかしようとしちゃうんだよな。多分、授業で寝てる友達にノート貸す側になると思うんだよ。琴美とるりは似てるから。るりが悩んでることはきっとお前にもわかるから、助けてやってくれ」

こんなことするなんてずるい。

「淩馬はあのまま育ってくれれば俺は安心だな。本当のバカにならないように、そこは琴美が見ててくれ。多分あいつな、将来いい男になるぞ。その姿見たかったなあ俺も」

琴美は歯を食いしばる。

「真歩はちょっとおとなしいな。顔立ちもお母さんに似てるし。末っ子だし、もしかしたらちょっと芸術家気質なのかもしれないな。あいつ、窓からずーっと景色見てたりするの知ってるか？　子どもっぽくないよなあ」

ここで父の言葉が途切れた。呼吸に合わせて、琴美の胸が震えながら上下した。

「……琴美が生まれたときのことは、忘れられないよ」

琴美は布団の中でぎゅっとパジャマを強くつかんだ。

「母さんがきょうだいみんなで食べなさいってケーキを作ってくれたとき、お前はきれいに六等分したかと思ったら、父さんにひとつ差し出してくれたよな。自分はいらないからって、仕事部屋まで持ってきてくれた。コーヒーに砂糖までつけて」

ふう、ふう、と細く息を吐きながら、琴美は喉《のど》を締めた。

「父さんな、まだまだ、お前たちに見せたいもの、伝えたいこと、教えたいこと、たくさんあるんだ。この町じゃないどこかへ飛びたっていくお前たちの姿、見たかったよ。お前たちに見せたいものも、父さんが見たいものも、まだまだたくさんあるんだ」

こんなことするなんてずるい。琴美は思う。こんなドラマみたいなことをして、スッキリするのはお父さんだけだ。明日からもこのベッドで眠り続ける私たちは、どうすればいいのかわからない。

「琴美、お前は自慢の娘だよ」

とん、とん、と父のてのひらが琴美の肩をやさしく叩《たた》いた。小さなころ、琴美を寝かせるときに、父はよくそうしていた。

「お前が生まれたそのときに、俺とお母さんは、親になったんだ」

父の声がより一層、小さくなる。ずるい、ずるい、ずるい、と、琴美は思う。

「忘れられないよ。自分たちの子どもだなんて、嬉《うれ》しくて嬉しくてしかたなかった。お腹の中に子どもがいるって分かった日から今このときまで、俺は琴美のおかげで父親でいられたんだ。琴美が俺たちを、家族にしてくれた」

琴美の瞼のすきまを、あつい涙が埋めた。

「母さんを助けてあげてくれ」

お父さん。かたく閉じた口の中で、そう呼んでみた。肩の上にある父のてのひらがあたたかかった。お父さん。お父さん。

「琴美、大好きだよ」

いま目を開いたら、すべてがこぼれ落ちてしまう。

そうすればきっと、すべてが終わってしまう。琴美はこのとき、そう思った。

涙が通った部分だけが、空気に触れて少しつめたい。からだが震えないよう、琴美は全身に力をこめた。

「みんなを、よろしくな」

もうほとんど聞こえないくらいに、小さな小さな声だった。

◇

今日みんなに言うね、と告げたとき、孝史は「うん」と小さく頷《うなず》いた。「……何かもっとないの？」と琴美が眉《まゆ》を下げると、玄関で靴を履いていた孝史は「別にないよ」とこちらを見ずに言った。

「だって、たとえ俺が止めたって、琴美が決めたことは変わらないし」

じゃあ行ってきます、と玄関で手を振る孝史に思わず、いっしょにきて、という言葉を投げてしまいそうになった。でも、このことは、自分で伝えるのだと琴美は決めていた。

CLOSE、という札をぶら下げた「星やどり」のドアの前にひとりで立っていると、孝史の笑顔を思い出した。今朝飲み込んだ、いっしょにきて、という言葉を、ここでもう一度飲み込む。

お父さん、ごめん。

「あれ、ほんとに来た」

不意に、後ろから声をかけられた。振り返ると、黒のTシャツに黒のスラックス姿の凌馬が「母ちゃんの言うとおりだー」とニヤニヤしていた。

「何でそんな暗い顔してんの？　あ、ざんねーん、わりとちゃんと店まわってましたあ～」凌馬はそのまま外壁にかけられているほうきを手に取り、店周りの掃除を始めた。「やっぱりるり姉が店のこと知り尽くしててさ、助かる助かる。真歩は女性客に人気だし、兄貴も意外とモテてんの、おばさんにだけど。俺は指切っちゃった」凌馬は植木鉢をどけると、落ちた葉をほうきで集めていく。ほうきを握り締める凌馬の左手のひとさし指に、ばんそうこうが巻かれている。

「真歩が作ったメニュー本もな、すっげえ好評なんだ。写真見て選ぶ人多いのな。あとるり姉の友達のユリカさん？って人も手伝いに来てくれて、パトロールがいないとかよくわかんないことブツブツ言ってたけど、なんかまあ、楽しかったよ」

琴美は、うんうんと相槌《あいづち》を打ったび、今朝までに何度も固めた決意が、いとも簡単に溶かされていくのがわかった。

「あんた、いまどこ行ってたの？」

「……あおい、家まで送ってた。あいつ、閉店までいてくれて。もう外も暗いし」

「そうなんだ」歩いているときでもきっと、ひと一人分は空いていただろうふたりの距離を思うと、琴美は少しうらやましい思いがした。

「まだみんな残って片付けしてるよ、入れば？」

うん、と返事をして、無理やり足を動かす。毛穴からじっとりと汗が湧き出てきて、てのひらから下腹部にその熱が伝わっていく。

今日から、小学校も中学校も高校も夏休みに入った。きょうだいみんなこの店を守るために、母がもう倒れないように、ここで毎日を過ごす。今日がその初日だ。

「あ、琴姉！　もう疲れたよー働くってこんなに大変なの⁉」

扉の向こうから飛び出してきたエプロン姿に、琴美は一瞬言葉を失くした。

「……小春、その顔どうしたの」

「お皿は割れるし休憩はないしでもう無理！」小春は琴美の話を聞かず、お団子頭を揺らしながら大声でまくしたててくる。

「お皿が割れるっていうか、はる姉が盛大に割ったんでしょ……」うんざり顔の真歩に小春が嚙《か》みつく。「何よぉ、あんたなんてずっと皿洗ってるだけだったじゃん！　あたしたちはちゃんと働いてるんですぅ〜」

「ハイハイふたりとも偉い偉い！」琴美は、いがみあうふたりの間に割って入り、小春の顔をもう一度しげしげと見つめた。

「あ、びっくりした？」

メイクをほとんどしていない小春の顔は、本当にるりにそっくりだ。

「メイク、どうしたの？　寝坊したの？」

「いや別に寝坊とかじゃなくて」小春はちょっと照れたように、お団子頭のサイドに残している髪の毛をもてあそぶ。「別に今日は学校の友達に会わないし、佑介にも会わないしぃ……」小春は言葉を選んでいるうちに、真歩が蛇口をひねって水を止めた。

「ま、もう無理やりるりと違うふうになろうってしなくてもいいんだって思ってさ」

水の音のしないキッチンは、静かだ。

「あたしもしっかりするよ。だから大丈夫だよ、琴姉」

やばい枝毛見つけたー、と、小春は指に巻きつけた髪の毛をにらむ。昨日までいろんな指につけられていた派手な指輪も、細い手首に巻かれていたショッキングピンクのシュシュも、もうない。

アイラインの引かれていない小春の目は、琴美にも似ている。

「小春、エプロン洗濯するから脱げやー」

光彦の手がぬっと伸びて、小春の腰のあたりのひもをするりとほどいた。「あたし明日もエプロン着たい！」「いや、あしたは順番的に真歩と俺が着るって決めただろ」「何で兄貴が二日連続で着るのよ一番似合ってないくせに！」「あさってはお前と真歩が着るんだからいいだろ！　順番！」「エプロンの気持ちになって考えてみなよ！」「何をだよ⁉」ぎゃあぎゃあ言いながらふたりはその場からいなくなる。

琴美はその場から動けなかった。小春の声にかぶせて、この前の光彦の声がリフレインする。

この店も姉貴も、もうじゅうぶんがんばったよ。

「お母さんね、けっこう元気になってきたんだよ」

真歩は、洗い終わった食器を一枚ずつ、白いタオルで拭《ふ》いている。

「でもね、お店のことは全部僕たちにやらせるんだ。そこはなぜか徹底してるみたい」

焙煎機《ばいせん》の手入れとか、お母さんにしかできないことはやってくれるんだけどね、と真歩は続ける。

「これからは僕たちががんばるんだよ」

よし終わった、と、真歩はタオルを四つに折りたたむ。

みんな、「星やどり」を守ろうとしている。自分たちで拓《ひら》くことのできる道を、探している。

お父さん、私はもう。

「琴姉、これテーブルに運んで」

背後からるりの声がした。振り返ると、そこには見慣れたカップが六つと、オレンジジュースの入ったグラスが用意されていた。

「オレンジは真歩のね。あとはコーヒーと紅茶が半分ずつ。コーヒー飲めない人もいるかと思って」

状況が呑《の》み込めずその場に突っ立っている琴美に向かって、るりが、ふ、と表情を崩した。

「お母さんがね、六人分用意しとけって言ってたの。夏休み初日、話すことがあるからって。でもさっき急に、たぶん琴美も来るだろうからもうひとつ紅茶追加って」

琴美は、そう、と呟くと、母の顔を思い浮かべた。

ずっとずっと言えなかったこと。誰にどう伝えればいいのか、ずっとわからなかったこと。家族の誰も、きっと、気づいていないだろうと思っていたこと。

もしかしたら、家族みんなに、もう伝わっているのかもしれない。自分の知らないところで、知らない言葉で、それでも意味だけは正しく、伝わっているのかもしれない。琴美はそう思った。

「あら、琴美」

奥の部屋から、母が現れた。

「琴美は紅茶よね？」

母の瞳《ひとみ》の中に、自分の姿が映っている。


「武内さんと会ってたんだってね、琴美」

突然母がそう言ったので、琴美は咽《む》せそうになってしまった。「武内さんってあのオッサン？」そう言う凌馬の頭を光彦が叩《たた》く。真歩のために用意されたオレンジジュースは、結局小春が一息で飲み干した。

「昨日、武内さんに土地代のことについて電話したのよ。七月、八月分だけじゃなくて、これまでに滞納していた分もできるだけ払いたいって伝えたくてね。そのときに言われたの。そういえば、娘さんに会いましたよ、あとその旦那《だんな》さんにもって」

孝史さんも？　と訊《き》きながら、真歩がスプーンでブラックコーヒーを掬《すく》う。真歩は椅子に座るなり、僕コーヒーのほうが好きなんだよね、と、オレンジジュースを自ら小春に差し出した。

「律子さんが考えていること、お子さんたちもちゃんとわかっているみたいですよ、って、武内さん言ってた」

お団子頭をほどいた小春とるりが隣同士ならんでいる。二人とも髪を下ろしてメイクもしていないので、正直、コンタクトを外したら見分けられないかもしれない。

ふたりがこんなふうにそっくりなのは、いつぶりだろう。

「武内さんの話を聞いて、今日、あなたもこの店に来るって分かった」

武内にどうしても聞きたかったことがあった。母には直接聞けないこと。他の誰にも聞けないこと。

みんな、わかっていたんだ。

「七人がこうやって集まって話すのなんて、久しぶりね」

店の中で一番大きなテーブルに、いろんなテーブルから持ちよってきた椅子が七つ。母が、一辺に一人。母から時計まわりに、琴美と光彦、小春とるり、凌馬と真歩。二人ずつ、一辺に座っている。琴美が適当な場所に座ろうとしたら、母から、琴美はここ、と指定された。みんなそれぞれ、母がやんわりと座る位置を指定していた。

「私、武内さんに聞きたいことがあったの」

こういう言葉で、こういう順番で、ちゃんとみんなに話そう。そう心の中で組み立てていたこと全てが、崩れていくのがわかる。

「それって土地代の期限のこと？　それなら前も言ってたように」

「真歩」

光彦が真歩を制する。「今はちゃんと姉ちゃんの話聞こう」

琴美は唾を飲みこむと、言った。

「聞きたかったのは、お母さんのこと。立ち退きの話をしたとき、お母さん、ほっとした顔をしていませんでしたか、って」

え、と真歩が声をもらした。

「武内さん、うなずいてた。律子さんが安心したような顔をしたので、私もびっくりしたんですって、武内さん言ってた」

テーブルの上に放り出されていた真歩の手の甲に、凌馬が自分のてのひらを重ねた。

「その答えを聞いて、私もみんなにちゃんと話そうって決めたの。ずるいよね。私、嫌な役、お母さんに押し付けようとしてた」

小春が付け替えたカーテンの色は、安堵《あんど》、心の解放をイメージさせる水色。

「私、お店、もう手伝えない」

言葉が解放されていく。

「本当は今までも、ずっと辛かった。仕事がない日は、できれば、家で休んでいたかった」

真歩の写真を使った新しいメニュー本。小春が付け替えたカーテン、作り替えたランチョンマット。夏休みを犠牲にして、店をどうにか守ろうとするきょうだいたち、佑介くん、あおいちゃん、大和さん、ユリカさん。

「みんなのがんばる姿を見てたら、どうしても言えなかった。でも私はもう、今までみたいに店を手伝えない。それは辛いとか、そういう理由じゃなくて」

　みんなを、よろしくな。

「私ね……」

　父の声が頭の中でこだまして、次の言葉が出てこない。

「子ども、できたんだろ？」

　トン、と、心臓を突かれた気がした。

「もう今までみたいに、早坂家には構っていられない。そうだろ？」

　光彦がそう言って、一口、コーヒーを飲む。自分の弟がこんなふうにブラックコーヒーを飲むことを琴美は知らなかった。

「何びっくりしてんの？　そんなの見てればわかるって」

　小春が、うすいオレンジに染まった氷をカラカラと鳴らす。

「だって急に孝史さんが店に迎えにくるようになったりしてさ。琴姉がどこ行くにも孝史さんがついてるんだもん。しかも、すごーく大切なものを見るみたいに琴姉のお

ねえ、と小春がるりに微笑みかける。

「真歩や凌馬が生まれるときのお父さんも、そうだったよね」

そうだっけ？　と母がとぼける。そうだったよお、と小春がにやにやしながら頷《うなず》く。

「無意識なのかな？　琴姉、いまもお腹に手添えてるじゃない」

るりに言われて、視線を落とす。自分の右の手の甲が、下腹部を守るようにしてゆるくカーブを描いていた。

「姉貴、よく自分の腹見てたよ。腹っていうか、腹ん中っていうか。そのときの表情が、そっくりなんだよな」

光彦の言葉に、ふふ、と母が頬をゆるませる。

「るり、小春、凌馬、真歩、みんなが腹の中にいたときの母ちゃんと、表情もしぐさもそっくり」

「どういうこと？」そう問う真歩の高い声だけがその場に浮かんだ。お前は末っ子だもんなーまだわかんないよなあ、と光彦がその小さな頭をなでる。真歩は少し不機嫌そうに唇を尖《とが》らせている。

「琴美、私たちみんな、わかってるよ」

母が、音も立てずにコーヒーカップを置いた。

腹見てるし？」

「琴美はもう、生まれてくる子どもと、孝史くんと、新しい家族をつくっていく。子どもが生まれたら、今までどおり店を手伝いにきてくれたり朝ごはんを作りに来てくれたりできない」

言おうとしていたこと、準備していた言葉たちがすべて、家族の口からこぼれてくる。

私、と、話し出す声が、少しかすれた。

「この店がなくなるかもしれないって聞いたとき、正直、ほっとした」

うん、と、母が頷く。

「お母さんがギリギリなのは見ててわかったし、私だって休みのたびに店を手伝うのは正直大変だった。……最近体調も悪くて、何か変な夢を見るようにもなってね」

琴美はきょうだいたちをぐるりと見回す。

「夜、眠ろうと思って目をつむると、瞼《まぶた》の裏にパーって星みたいなものが弾けて、夢が始まるの。その星みたいなものはね、一回ずつ数が増えてくんだよね。見る夢ってのも、夢っていうか、まるでみんなを観察してるみたいな映像で……。上から覗いてるっていうか」琴美はここでひとつ咳払いをして、続けた。「光彦がへったくそな面接してるところ、真歩が海辺で大和さんの前で泣いているところ、小春がお母さんと武内さんがファミレスで会っているのを見つけるところ、凌馬があおいちゃんの弁当を作るって約束するところ、るりが茶髪の女の子と保健室でケンカするところ」

「へったくそって……」「別に僕泣いてなんかないもん」「弁当の話は言うなっつっただろ！」ひとつひとつ琴美が話していくたびに、いろんなところから声が飛んでくる。それが楽しくて、琴美はつい頬をゆるめてしまう。

「その夢はね、次の日現実になるの。だから、みんなのバランスが崩れそうになるときは、先回りして動くことができた」

「そんなこと、ありえるの？」

「実際に、あったの」驚く真歩に、琴美は微笑む。

「そのおかげで、みんなにはお節介だって思われたかもね。凌馬は裏で私のことエスパーだって言ってたみたいだし」るりが凌馬に向かって、バカ、と言い捨てる。

「でも、お母さんが倒れたときもそばにいられたから、よかった面もあったんだけど」

琴美はもう冷めてしまった紅茶を一口飲んで、続けた。

「夢で見たことが現実になるってさすがに気味が悪くて、孝史に相談したの。そしたら、産婦人科へ行こうって」

「さんふじんか？」真歩がひらがなで尋ねる。

「そう。私もどの科に行けばいいのかわからなかったから、産婦人科ってびっくりしたんだけどね、そしたら、おめでとうございますって」

　小春とるりが嬉《うれ》しそうに目を見開く。

「妊娠してるときに不思議なことが起きる人って、けっこういるらしいの。例えば、お腹の中の子が夢に出てきて、自分の名前を名乗ったり……お腹の中にいたことを覚えてる子がいる、っていう話もよく聞くでしょ。そういうことが起きやすい時期なんだって。お腹の中に新しい命があるってだけでも不思議なことなのに」

　うん、と、るりが眉《まゆ》を下げて頷いた。

「確かに、そんな夢を見るようになったのはここ最近のことなの。昔はそんな不思議な夢なんて見たことなかった」

　琴美は妹ふたりの表情を見て、女子のほうが男子よりも早く大人になるんだな、と改めて思った。

「子どもがいるってわかったとき、お腹の子があの夢を見せてくれてたんだろうなって思った。この子が、私たち家族がバランスを保てるように助けてくれていたんだなって」

　変なこと言うかもしれないけど、と前置きして、琴美は続ける。

「お父さんが入院する前日、私、言われたんだ。みんなをよろしくなって。この子が見せてくれた夢はね、お父さんが私に託した、長女としての最後の仕事なんだと思う。だけど、私は、そんな長女の最後の仕事も」

うまくできなかった。

急に喉《のど》が締め付けられるようになって、言葉が出てこなくなった。

お父さん、家族みんな、お父さんが思っているより、ずっとずっと強い。私は、お父さんが思っているよりも、ずっとずっと弱い。

父の低い声が、何度も何度も頭の中で蘇《よみがえ》る。

お母さんは倒れて、店はなくなる。私は、お父さんの大切なものを何一つ守ることができなかった。

「琴美、あなたはもう、早坂家の長女じゃなくていいのよ」

ことみ。

ことみ、と、この家族の中でただひとり、私のことをそのままの名前で呼んでくれる声。

「長女の役目はもう終わり」

その声は、いつだって、私の味方をしてくれる。

「これからは、孝史くんの妻、そのお腹の子の母として生きていきなさい」

両方の瞳《ひとみ》が、奥のほうからあたたかくなっていく。琴美は、体の底から湧き上がる何かを堪えようと大きく息を吐いた。

　家族の顔を見つめながら、言葉が何も出てこない。

　みんな、誰かの子として生まれ、その家族として育つ。だけど、いつかはその家を出て、大切な誰かとまた新しい家族を築いていく。

　家族は生まれ変わっていく。ひとり生まれ、ひとり出ていき、ひとり生まれ、ふたり出ていき、また新しいかたちになる。

「みんな、覚えてる？　お父さんが入院する直前、急にこの天窓を作り始めたこと。それに、真歩の名前を決めるときだけ、お父さんがやたらと自分の意見を押し通したこと」

　ねえ琴美、覚えてる？　母がそう言って、視線を上に向けた。

「お父さん、この天窓を作った理由、誰にも話さなかったでしょう」

「そりゃ、星やどりって店名に変えるために、窓を作ったんじゃねえの？」光彦はテーブル備え付の紙ナプキンを細かくちぎっている。

「いくら聞いても、ちゃんと答えてくれなかったよね。店名を変えたのもいきなりだったし、あのときはちょっと、お父さんどうしちゃったんだろうって思った」

　るりの言葉に母が頷く。

「天窓を作ってるときね、お父さん、絶対内緒だぞって言ってたのよ。俺がいまこれを作る理由は、誰にも言うなって。だけどもういいよね、この窓の役目も終わった」

母は、すう、と息を吸ってきょうだい全員を見渡した。

「お父さんの名前は、星則でしょう。そして、お母さんは」

母は、自分のことを指さす。

「りつこ」続いて、ひとさし指が琴美に向けられる。

「ことみ」指先がゆっくりと時計回りに円を描いていく。

「みつひこ」

「こはる」

「るり」

「りょうま」

「まほ」

最後に母は、指先を上に向けた。

「ほしのり」

あ、と、真歩が声を漏らした。

「しりとり？」

全員が同時に息をのんだのが分かった。

「そう。ほしのりからまた、りつこに戻る。家族がひとつの輪になる」

母はゆっくりと、テーブルに沿って視線を動かした。

「いまあなたたちが座っている位置は、お父さんが描いた、私たち家族の輪」

母、律子から時計回りに、琴美、光彦、小春、るり、凌馬、真歩。父、星則が繋《つな》ぎたかった家族の輪。

自分がいなくなってしまう前に結びたかった、世界でたったひとつの輪。

「お店の名前、ほしやどり、でしょう。私もそんなロマンチックな名前やめようって止めたんだけどね、でも」

母は天窓を指す。

「お父さんは、ほしのり、が欠けて途切れてしまう輪を、ほしやどり、で繋ごうとしたの」

カン、カン、と、琴美の頭の中で、トンカチと釘《くぎ》がぶつかる音が響いた。

店を休業させてまで、天窓の工事をしていた父の後ろ姿。どうしてそんなもの作ってるの？　きょうだいの誰が聞いても父はこう答えるだけだった。

いつかわかるよ。

いつか、わかる。

あのとき、父はもうわかっていた。だから、一番下の子が男の子だと分かったときも、まほという名前を貫き通した。もうすぐ、自分がいまのように動けなくなること。この先、新しいきょうだいが生まれることはきっとないということ。

「この天窓、小空って呼ばれているでしょう。私たちが店の中から、空を眺めることができる小さな空。でもお父さんは、こう言ってたのよ」

母は、天窓の向こうを見ている。

「空から、子どもたちの成長を覗《のぞ》き見られるように、ここにも窓を作っておこう」

そこにいる父と目を合わせているように、目を細めて、母は天窓の向こうを見ている。

「これはね、私たちが空を見るための天窓じゃないの。お父さんが空からこの店の中を見るための、のぞき穴。みんなにばれないように、お父さんは天窓だって言い張ってたけどね」

母は頬をゆるませる。

「さっき琴美は、夢は、みんなを上から覗いているような映像だったって言ってたよね。それに、夢を見る前に、瞼《まぶた》の裏に星が広がる、とも」

琴美はうなずく。

「お父さんが、この星型の天窓から覗いた光景を、いち早く琴美に教えてあげようとしてたのかもね」

笑うとできるしわが、深く、多くなっている。母は続ける。

「お父さんが上から店の中を覗いて、もう安心だって言ってくれるくらいみんなが大きくなるまでは、この店を守り続けようって、私は誓ったの」

でもね、と天窓を見上げたまま、母は眉を下げた。今日も連ヶ浜の夜空にはいくつもの星が瞬いている。

「もう、じゅうぶんだよね」

お父さん、と、母が天を呼ぶ。

「子どもたちだけでお店ができるくらい、みんな立派に育ったんだもの。お父さんも見てたよね、今日の店の中。今日は晴れてたから、よく見えたはず」

店を立て直そうという話し合いがあってから、母は、必要最小限のことしか店のことを手伝わなかった。きょうだいだけで店を営む姿を、たった一日だけでも、天窓越しの父に見せたかったから。

「お父さん、もうじゅうぶん見届けたよね」

だから、と言う母の頬に、涙が一筋、ゆっくりと伝った。

「もう、【星やどり】の役目も、終わりにしていいよね」

で、でも、と、真歩が小さく手を挙げた。

「途切れるよ。この店がなくなったら、今度こそ輪が途切れる」

「そうやって考えると、確かにさみしいかもねえ」

小春の明るい声に、でもこの輪もいつまでも続けられるわけじゃねえからな、と、光彦が低い声を重ねる。

輪。この言葉を聞いたとき、琴美の頭の中で孝史が笑った。

「名前」

あのときは意味がよくわからなかった孝史の言葉が、頭の中で呼吸をしはじめる。名前？と聞き返してくる母に、琴美は訴えかけるように話した。

「孝史が言ってた。産婦人科の帰り道」

早坂家の輪の中にどうにかして入れないかな、って思ったこと、俺にもあったんだよ。

「孝史は気づいてたんだ、この輪のこと」

確かにさっきの案はお父さんに似すぎているかもしれないけど。

「この子はきっと男の子だから、もうそのときのために名前は考えてあるって」

輪をつなげるのは、もう、この子しかいないんだから。

「星成。ほしなり」

お腹があったかい。

「新しい家族が、また、輪を繋いでくれるよ」

無意識のうちに、琴美はまた、まだ見えない新しい家族の頭を撫《な》でていた。

「男の子は母親に似るっていうから、この子は琴姉に似てるのかな？」

るりが楽しそうに笑いかけてくる。「あたしが絶対イケメンに育てる！」小春は誰に頼まれたわけでもないのに手を挙げて謎の宣言をしている。子どもかあ、と、つぶやく光彦と凌馬は、どうやらあまりしっくりきていないようだ。こういう話はやっぱり、女子のほうがなじみやすいのかもしれない。

コーヒーもう一杯飲む？　と母が席を立とうとしたそのときだった。

「ちょっと待った！」ガタンと音をたてて真歩が立ちあがる。

「真歩どした⁉」思わずつられて凌馬も立ちあがる。

「……琴姉に子どもが生まれたらさ」

生まれたら？　小春が不安そうに促す。

「僕、おじさんになるってこと？」

凌馬は無言のままその場に座り直し、小春は「お母さんオレンジジュースまだある？」とグラスを自分のもとへと引き寄せた。さ、後片付けするかー、とるりがみんなのカップを丸トレイに集め始める。「ほら、真歩おじさんのも片付けるから」早速おじさんと呼ばれた真歩は、何かをあきらめた顔つきでとすんと腰を下ろした。

「あー明日《あした》も早起きで店番かーお客さん増えるといいねー」

冷蔵庫から勝手に取り出したオレンジジュースをグラスに注ぐと、小春はまた一息でそれを飲み干した。

「八月に最高売り上げたたきだして、最後くらいかっこよく土地代払ってやろうよね」

洗いものをしながらそう言うるりに、「それいい！　最後の悪あがき！」と、小春が空になったグラスを渡す。

「なんか緊張とけたら腹減ったあ、俺ビーフシチュー食っていい？」

うなだれる真歩のすぐそばで、凌馬がニヤニヤしながら大きな鍋《なべ》を覗き込んでいる。

「おっ、いっぱいあんじゃん」「ちょっとそれ明日の分なんだから！」「ちょっとくらいいいだろお」「洗いものも増えるしやめてって！」まあまあまあ、と適当にるりをなだめる凌馬に向かって、光彦が言った。

「俺も腹減ったし、少しもらおうかな」

その声に、ほんの少しだけ、母が顔を上げた。

「あんたがビーフシチュー食べるなんて珍しいね」

琴美は、隣に座る弟の横顔を見る。

る。


「おう。まあ、たまにはな」

夜になると少し、髭《ひげ》が伸びるみたいだ。光彦の細い顎《あご》に、黒いつぶがぽつぽつとある。

「そういや、あんたの内定祝いもちゃんとしないとね」

「いいよ別に、祝われるようなご立派なところじゃねえし」

「ちゃんとやろうよ、めでたいことには変わりないんだから」

「マジでいいって、おい凌馬、二人分を一皿に入れろ、洗いもん増やすなよ」

立ち上がって凌馬のもとへ行く光彦の後ろ姿を見て、何照れてんだか、と琴美は思う。お母さんエプロン干しとくよー、と、奥の部屋からるりの声が聞こえてくる。

了

解説

耳の配慮がもたらすもの

堀江敏幸（作家・早稲田大学教授）

朝井リョウは耳の作家である。情景描写や説明のなかに登場人物の内面が溶け込むことはあっても、カギ括弧でくくられた人々の声はピンポイントのマイクで拾ったように濁りがない。会話の流れを先行させ、そのひとつひとつを里程標にしながらあいだを映像で埋めていくこの呼吸法の特徴は、言葉だけを強調するのではなく、背後の物音やその気配をも、ごく自然に感じさせるという点だ。場の空気全体をとらえなければ途切れてしまう声を、彼は逃さない。アフレコでクリアにしようというごまかしを選ばないのである。

繊細で寛容な耳は、物語を展開していくうえでしばしば重荷にもなる。すべての人物の声に等しく反応し、均等に愛を注いでしまうため、特定の誰かに肩入れできなくなるからだ。しかも愛の配分は生理現象のように無理なくなされているので、読者は朝井リョウの世界に、爽《さわ》やかさ、清潔さ、やさしさといった紋切り型の褒め言葉をあてがうことしかできない。そういう誤解や危険がありうることを、彼はずいぶん早い時期から理解していた。複数の声の背後に、そこにはいない人物の声が聞こえる場を作り出すデビュー作『桐島、部活やめるってよ』も、語り手として主要なメンバーにもれなく向き合ったうえで個々の活力を束ねようとする第二作『チア男子!!』にも聴取の力は発揮されていたが、三冊目の単著となる本書『星やどりの声』ではそれがさらに進化し、耳の表情がずっと豊かになってきた。耳を傾けることと声の発信者への眼差しが、やわらかく結ばれはじめたと言い換えてもいい。

『星やどりの声』は、そのタイトル通り、ひとつの星座によってかたちづくられた小説である。海と山に挟まれた連ヶ浜にある「純喫茶」《星やどり》。よく煮込んだビーフシチューと、自家焙煎《ばいせん》の豆を使ったネルドリップの珈琲《コーヒー》がおいしい、客席が十五ほどしかないこの小さな店を営む早坂家の、六人の兄弟姉妹とその母親が物語の中心だ。上から順に見ていくと、長女の琴美は二十六歳。宝石店で働いている。警察官（「やさしい交番のお兄さん」）の孝史と結婚しているのだが、建築家だった父親なきあと、店を支えている母親をなにかと助けに来てくれる頼もしい存在だ。長男の光彦は大学四年で就活中。夏を迎えてもまだ受け入れ先が決まっていない状態で、家庭教師をしている（彼の苦しみは、後の『何者』にも通じている）。その下に、小春、るりという双子の高校三年生の姉妹がいて、顔は似ているものの性格は正反対。姉の小春には大学生の恋人もいる。るりの方は優等生タイプだ。二男の凌馬は、テニス部に所属する高校一年生で、光彦が教えている同級生のあおいに想いを寄せている。末っ子の三男真歩は、口数が少なく、写真を撮るのが好きな、大人びた小学六年生。

全体は六章に分かれ、一章にひとりずつ子どもたちの名が与えられている。光彦、真歩、小春、凌馬、るり、琴美と進んでゆく展開は、思いつきではない。慎重に計算されている。ここでの計算とは、先の耳の力と不可分の、配慮や気配りに近い感覚だが、現場でなにをどう言うのか、全体の流れを大きく崩さない範囲内で、作者はそのつど登場人物たちに考えさせる。そうした配慮が、目一杯の力で行われているのだ。渾身《こんしん》の配慮。それは泥臭さに等しい。さわやかさはまちがいなく彼の小説の重要な要素だが、その提示の仕方は、よい意味でつねに泥臭いのである。愛の分配に、彼は余力を残さない。内容においても、技法の選択においても、まっすぐな戦い方を自らに強いる。

また、本作においては、一見緊密な構造が、個々の語りの過剰さ、ゆらぎ、そして意識的な反復によって微妙にたわんだりきしんだりするところも、魅力のひとつだろう。三人称を用いながら地の文に一人称的な記述がまじり、誰の目にも見えていないのにまちがいなくそこにいる影の二人称が目の前を通り過ぎることで、不安定さが増してくる。すべての章を「ぼく」や「わたし」や「俺」といった視点で描こうとすると、いちばん年下の真歩の言葉の位相が難しくなる。真歩自身がつかみきれずにいる部分に光を当て、思考を前に向かせるためには、聞こえない励ましに似たプロンプター役を配することが望ましい。それが、絶対的な愛と信頼の対象としての、父親の存在である。

早坂星則は、星の運行の法則から外れることのない人である。欠点らしい欠点がない。建築家としては自我を通さず、クライアントの気持ちを大切にし、現場にも頻繁に足を運ぶ。子どもたちの性格をよく観察したうえで、それぞれに向き合い方を変える。けっして頭ごなしに叱ったりしない、「過程」を重視してくれる理想の父親なのだ。子どもたちはことあるごとに父への愛を吐露し、その不在を内側で嘆き続けることで、一家の均衡を保っている。

読者の目を退屈させずに引っ張るための謎は、当然、用意されている。父の設計になる店は、当初《はやさか》という単純な名前だった。六番目の真歩が生まれる前、彼は息子の名を決め、とつぜん店名を《星やどり》に変えて天井を改装し、星型の天窓を造る。そこにどんな理由があったのか。そして、父の月命日に母が会っていた男性は誰なのか。謎の設定が効果をあげているのは、繰り返しになるけれど、特定の誰かが持ち上げられたり贔屓《ひいき》されたりしていないからである。語りの重心を移行させながら、ひとりひとりにかかる重力は一定に保ち、それでいて視点を固定しないこと。少し硬い態度を取らせたあとは、かならずその硬さの反響を耳が察知して、さりげない修正を入れる。迷惑だった相手の言動に、悪意ではない裏がある事実をそれぞれが自力で発見できるよう、作者はそっと励ますのだ。

だが、父親の声は、すでに生命を終えた星のシグナルとしての光である。それを後生大事に抱えていく息苦しさからの解放を、彼らは無意識のうちに望むようになる。逆に言えば、これは危機に直面した一家の美しい団結や思いやりの物語といった定型には当てはまらない、あくまで出発点としての小説なのだ。各章の主人公はもとより、母親律子の兄で塾講師をしている独身の伯父《おじ》史郎や、小春の恋人で音大に通いながらシンガーソングライターをめざしている佑介、真歩の友人になる町の写真館の大和など、脇を固めている人物たちの心のうちにも、おそらく長篇に匹敵する物語が隠されている。もう二歩、三歩進めた彼らの未来を読者は読みたいと望むだろうし、作者の耳にはもう、新しい彼らの声が聞こえているにちがいない。

ただし、この物語の現在における最終章で読者の頭上に降ってくるのは、星の光というより、事物を満遍なく照らし、差別をしない陽の光のほうである。均一な陽光のもと、目一杯の力を注ぐ「泥臭さ」で登場人物を惜しみなく愛し、分け隔てなく扱いたいと心の底から思う自身のやさしさに、作者はたぶん苛立《いらだ》っているだろう。だからこそ、彼はこのあと、苛立ちの質を見極めるために『何者』を書き、浄化された出発点を見直すために『世界地図の下書き』を試み、苛立ちそのものの無意味さが物語を消さないことを確認するために『スペードの3』を書くことになる。『星やどりの声』が、そのための通過点だったと言うことは簡単だ。しかし、朝井リョウの繊細な気配りに、言葉を前に進めていく書き手としての、やさしさと相反しない本質的な苛立ちが含まれていることは心に留めておきたい。それはひとりの作家として誰もが持っているわけではない、とても貴重な資質なのだから。

本書は、二〇一一年十月に小社より刊行した
単行本を修正のうえ、文庫化したものです。

星《ほし》やどりの声《こえ》

朝井《あさい》リョウ

平成26年 6月25日　初版発行
令和6年 4月5日　13版発行

発行者●山下直久

発行●株式会社KADOKAWA
〒102-8177　東京都千代田区富士見2-13-3
電話　0570-002-301(ナビダイヤル)

角川文庫 18594

印刷所●株式会社KADOKAWA
製本所●株式会社KADOKAWA

表紙画●和田三造

ISBN978-4-04-101335-9　C0193

◆◇◇

角川文庫発刊に際して

角　川　源　義

第二次世界大戦の敗北は、軍事力の敗北であった以上に、私たちの若い文化力の敗退であった。私たちの文化が戦争に対して如何に無力であり、単なるあだ花に過ぎなかったかを、私たちは身を以て体験し痛感した。西洋近代文化の摂取にとって、明治以後八十年の歳月は決して短かすぎたとは言えない。にもかかわらず、近代文化の伝統を確立し、自由な批判と柔軟な良識に富む文化層として自らを形成することに私たちは失敗して来た。そしてこれは、各層への文化の普及滲透を任務とする出版人の責任でもあった。

一九四五年以来、私たちは再び振出しに戻り、第一歩から踏み出すことを余儀なくされた。これは大きな不幸ではあるが、反面、これまでの混沌・未熟・歪曲の中にあった我が国の文化に秩序と確たる基礎を齎らすためには絶好の機会でもある。角川書店は、このような祖国の文化的危機にあたり、微力をも顧みず再建の礎石たるべき抱負と決意とをもって出発したが、ここに創立以来の念願を果すべく角川文庫を発刊する。これまで刊行されたあらゆる全集叢書文庫類の長所と短所とを検討し、古今東西の不朽の典籍を、良心的編集のもとに、廉価に、そして書架にふさわしい美本として、多くのひとびとに提供しようとする。しかし私たちは徒らに百科全書的な知識のジレッタントを作ることを目的とせず、あくまで祖国の文化に秩序と再建への道を示し、この文庫を角川書店の栄ある事業として、今後永久に継続発展せしめ、学芸と教養との殿堂として大成せんことを期したい。多くの読書子の愛情ある忠言と支持とによって、この希望と抱負とを完遂せしめられんことを願う。

一九四九年五月三日